王月鹏 著

海上书

百花文艺出版社
天津出版传媒集团

图书在版编目（CIP）数据

海上书 / 王月鹏著. -- 天津：百花文艺出版社，2021.12(2022.10 重印)
ISBN 978-7-5306-8146-6

Ⅰ. ①海… Ⅱ. ①王… Ⅲ. ①散文集-中国-当代 Ⅳ. ①I267

中国版本图书馆 CIP 数据核字(2021)第 219945 号

海上书
HAI SHANG SHU
王月鹏　著

选题策划：张　森　　**封面制作：**蔡露滋
责任编辑：田　静　沙　爽　　**版式设计：**王宝萍
出版发行：百花文艺出版社
地址：天津市和平区西康路 35 号　**邮编：**300051
电话传真：+86-22-23332651（发行部）
+86-22-23332656（总编室）
+86-22-23332478（邮购部）
网址：http://www.baihuawenyi.com
印刷：山东临沂新华印刷物流集团有限责任公司
开本：787×1092 毫米　1/32
字数：144 千字
印张：8
版次：2021 年 12 月第 1 版
印次：2022 年 10 月第 2 次印刷
定价：59.00元

如有印装质量问题，请与山东临沂新华印刷物流集团有限责任公司联系调换
地址：山东省临沂市高新技术产业开发区新华路 1 号
电话：(0539)2925886　邮编：276017

目录

上篇

点灯的人 □ 003

无字钟 □ 016

老人与海及其他 □ 021

成为一座岛 □ 037

飞蛤 □ 042

海里的根 □ 044

打缆 □ 058

羽翼风暴 □ 062

网里或网外的海 □ 068

徐福东渡 □ 074

一瞬 □ 086

海事 □ 091

与海同行 □ 101

石帆 □ 108

下篇

另一种桥 □ 125

夜宿渔村 □ 135

心愿树 □ 142

切口 □ 153

一支柳笛 □ 173

蚕与茧 □ 191

食与味 □ 198

匠心与规矩 □ 205

在半岛 □ 211

向海的窗口 □ 226

“纪念那些未能从海上归来的人们” □ 233

海，与人海｜后记□ 247

上篇

点灯的人

那座灯塔已经废弃很多年了。塔楼还在，若是隔了一段距离看渔村，稍微抬一下目光，就会看到北边老龙山上的那个塔楼；倘若距离再远一些，视域中的塔楼则悬到了渔村上方，跟渔村浑然一体。我站在海边，时常凝望那里，总觉得那里残留了一丝亮光，它不同于渔村灯火，也迥异于遥远的星辰，是一种难以言传的光和亮。后来我才明白，那种光亮，与我静夜写作时桌面的台灯有些相仿，是幽微的，也是透彻的，它在穿越夜色之前，已经直抵某个人的心灵。这个发现让我愕然，让我坐在书桌前有了置身汹涌波涛之上的错觉。

当年在老龙山上修建灯塔，是颇有争议的。传说老龙山是龙住过的地方，龙头之上怎么好弄一盏灯呢？后来，渔村的人在海上出事太多了，在山顶弄个“照头”成为一件刻不容缓的事，争议总算平息下来。山上有一处破旧的岗楼，大约是以前打仗时修筑的防御设施。村里要建灯塔了，更确切地说，是要把老龙山上遗留的岗楼利用起来，改造成灯塔。山上没有路，村人用面袋子装了海滩的沙子，一袋一袋扛到山顶；选用的砖，一块足有八斤重，当时算是最好最结实的材质了。

建一个灯塔，为出海的人，也为等候出海归来的人。

灯塔建好了，渔村专门物色了一个点灯的人。那人叫刘少章，六十五岁，已从船队退了下来，是个出了名的老实人。每天日落时分，他就拄着拐杖往山上走去，等天色暗下来，灯塔就亮了起来。

一个退休的老渔民在为那些回家的渔船点灯守灯，他们老远看见山顶的一灼白光，就知道老龙山到了，家就在不远的地方，船该在哪里停泊才是安全的。在黑咕隆咚的海上，这一丝微弱的灯光，让他们辨明了家的方向。在灯塔修建之前，若是遇到坏天气，船一不小心就偏离了方向，漂到一些没有“海口”的地方，船无法靠岸，一个浪打来，就可能造成沉船事故。

屋外下起了雨。哗啦啦的雨声中，我在听老船长讲述半个多世纪以前的事。他的讲述是缓慢的，就像窗外断断续续的雨；历史是断续的，也像这雨，既断且续。

那个点灯人是在九十六岁那年去世的，当时是村里年寿最高的人。

那盏灯，经历了太多变迁。最初用的是煤油灯，外面有一个玻璃灯罩。后来改为汽灯，通宵地亮着。再后来，换成了闪光灯，几秒钟就闪烁一下子。遥想那些有风有雨的日子，渔民在海上望着灯塔,家人在村里也望着灯塔,在这世间,也许唯有这灯光是他们同时看到的东西。这样的一盏灯,在我看来是一个关乎渔民生活和命运的大事,而在他们心目中,这盏灯解决的只是他们在海上的具体困境，对于改变他们的命运并没啥根本作用。若干年过去了,现在依然可以看到当年的灯塔,只是灯早已不在了,点灯的人也不在了。而点灯的地方还在,远远看去,那青灰色的灯塔可以从山上的树木中轻易分辨出来。我和朋友商定,在离开渔村的时候再到那个灯塔跟前看一看。我说不清,为什么并不急于去看望灯塔,以及,为什么会做出这样的一个决定。

老船长正在讲述关于灯塔的往事，一个老人走进屋来,他们是牌友,每天凑在一起打几圈麻将。老船长问道,刘少章点灯是哪年的事? 老人说可能是 1980 年吧。老船长说不对,应该是 1971 年,也可能是 1968 年,或者是 1969 年,当时已经入社了,肯定是 1958 年以后的事……两个老人的记忆出了偏差，你一言我一语说了好长时间也无法吻合。他们亲历的往事,已经记不清了。作为后来人的我们,将依循一些被考证的史实,来看待和谈论那段历史。越是有矛盾和出入,我越是感觉到探究和书写的必要。我曾想继续寻访点灯人刘少章的后人,想要沿着这条线索,去寻找和呈现更多真实发生过的往事。后来,我又犹豫了,终于没有去做。当年点灯的人,渔村没有几个人还记得,他们本身已经不在意这个事情了,纵然采访他们的后人又有什么意义？隔了这么多的年月，我究竟想要理清一些什么？我也说不清，我甚至无法理解自己的所思与所为。那盏灯，曾经就那样地亮在渔村北面的老龙山上，还需要我的所谓追溯吗？我对灯塔的所谓寻访，不过是想了解一些历史故事，来确认某种现实，抑或与我所期待的现实形成印证。可是，关于灯塔的记忆，却出现了太多的矛盾和出入，那些老船长似乎并不在意那个灯塔，灯塔在他们眼里，仅仅是灯塔，是回家的一个参照。我这才意识到自己其实是先入为主了，在潜意识里赋予了灯塔一些象征的意味。这是所谓知识分子通常的思维习惯，这样的思维习惯在渔民身上是无效的。在当年的渔村，灯塔仅仅是灯塔，这不是象征，也不是细节，这是关涉海上航行的生命，关涉到渔民能否安全回家的一件很具体很紧要的事。我需要做的，是努力从象征的思维中跳出来，回到真切的现实，回到事件的现场。

村人对灯塔的记忆大多淡漠了。几个与灯塔有些关联的老船长，也只是记住了大概情节。时光带走了太多东西。我对灯塔往事的追问，在他们也是有些不解的。我试图用我的方式来看待这个渔村，与这个渔村的现在和历史对话。但是事实证明，我与渔村的对话，是不对称的，也是无效的。关于灯塔，在渔村有不同的说法，每个说法都来自亲身的经历。是否需要统一这些说法，这是一个问题。我曾想，把这些问题以分歧的状态留下，留待后人鉴别和评判。可是，脱离了特定语境，所谓的鉴别，所谓的评判，所谓的看到和理解，又在多大程度上符合当时的真实状况？

老船长说，他1992年退休的时候，灯塔还在用着。在他身后的墙上，是一张山东省地图和世界地图，那是他时常要看的。如今，在地图之上，在巨大的“寿”字两边，挂起了一副对联，那是他八十大寿的时候，亲戚送他的贺礼——“福如东海长流水，寿比南山不老松”。大红的对联盖住了墙上的那张旧地图。老船长坐在这样的“背景”之下，讲述关于灯塔的故事。

他一直记着五岁那年的一个秋天傍晚，跟随爷爷去山上点灯的情景。天下着雨，他们披着蓑衣，沿着曲曲弯弯的小路向山顶走去。夜色越来越浓，爷爷手中的那盏灯在风雨里或明或暗，发出不服输的光。他跟在爷爷的身后，提着一桶油，那是汽灯备用的油。沿着山路缓慢地挪动了大约有一个小时，才到达山顶。爷爷点上汽灯，遥望海面，长长地叹一口气。下雨天看不清海上，只看到黑乎乎的一片。船头即使悬挂了小汽灯，在山顶也是看不到的。爷孙俩需要在山上住一晚上。小屋里漏雨，根本就无法入睡，他看着那盏汽灯一直亮着，那个时候他幼小的心灵中并不知道，这盏灯对于海上航行的村人意味着什么。若干年后他当了渔民，当了船长，时常会想起五岁那年跟随爷爷在山顶守灯的雨夜，他似乎更深地理解了那盏灯的意义。再后来，大约是到了二十世纪七十年代，山顶拉上了电灯，不再需要有人每天上山点灯了，在渔村的房屋里，就可通过电闸遥控山顶的那盏灯。那盏灯，也像其他地方的灯一样，在山顶闪烁，老渔民根据灯的闪烁频率，判断自己到了哪里。灯光作为一种语言，穿越夜色和风雨，被理解和被接受。在海上，两船相遇，也是通过灯来传递信号的，“左红右绿当中白”。他补充说，这是那个年代的国际航海规定。

五岁那年陪爷爷上山点灯的他，如今已经六十多岁了。半个多世纪的风风雨雨就这样走过。不管走在哪里，他的心中始终有一盏灯在亮着。我知道，当我写下这个句子，它瞬间被赋予了象征意义，然而对于眼前的这个老船长，这一盏灯，是现实中的灯，微弱的光里，有着切肤的迷茫与希望。

“老辈人出海，太苦了，村里很多人都是死在海里的。过去只要遇到了风，技术好的渔民能回来，有的船就顺风漂到了别的地方，最终船翻人亡。”村里新建的房屋，门楣大多贴有“一帆风顺”四个字。这个词语，在我们的惯常使用中，是有隐喻意味的，而在这个渔村，这是最具体的祈愿，不是形而上的，是现实中的正在经历和即将经历的事。后来，每条船上都买了“半导体”，渔民感到很好奇，他们不明白一个小小的机器怎么会说话，而且可以预知天气的好坏。他们把它称为“话匣子”。他们在海上拿着那个小小的机器，反复地端量，觉得这真是一件神奇的事。他们经年累月在海上打鱼，经历了太多的事，再神奇的事都可以在他们或清晰或模糊、或犹疑或坚定的“理论”里得到解释，而现在这个小小的“话匣子”却让他们无论如何也想不通了。这是他们对于科技最初的态度和记忆……时光转眼到了今天，船上完全机械化了，先进的仪器，导航、探鱼器，他们都习以为常。是科技，减少了海上的危险。祖祖辈辈出海打鱼的渔民，靠运气和经验在海上作业的渔民，如今可以凭借高科技做出精准判断，实施精准捕捞。海里的资源越来越少。

他说起小时候提着篓子到海边就可以捡到被海浪打上了岸的鱼，有一种当地人称作“离水烂”的鱼，很快就会捡满篓子，他和他的小伙伴们把这种鱼捡回家，用来喂猪。而如今，所有的鱼都明显“瘦”了。有的渔民在网里再套上一层纱网，让网口变得越发小了，再小的鱼也休想“漏网”，甚至连产卵期的鲅鱼，都被他们捕走了。在休渔期，有人仍在偷偷出海，连鱼苗都捞了上来。我们习惯了说“海阔凭鱼跃”，其实在浩瀚的大海里，鱼类也是讲究“水土”的，哪种鱼在哪种地方产卵生长，都是有规可循的。比如，有一种大青虾，每年都会到渤海湾里产卵，它们钻在海底的沙里，一边产卵一边吃沙，虾籽沾在沙上。春天的鱼，大多是带籽的。这种时节，人是不该打搅它们的，更不该捕获和食用它们。前几年，有外地人把定置工具插在渔村附近海域，那是一种“断子绝孙”式的捕鱼方式，再小的鱼苗也不放过。村里的渔民试图制止他们，却遭到了殴打。周边几个村的渔民自发组织起来，驾着自家的船，足有上百艘，浩浩荡荡地拥向外地人占据的海域讨要说法，直到有关部门出面，这事才算平息下来。

眼前的这位海木匠已经九十四岁了。他回忆小时候，渔村家家都有小船，家家都有捕虾的网，他的父亲当时在海会工作，每年开始捕虾之前组织渔民抓阄，所有渔船按照抓阄的位置在海上有序排列，互不侵扰。渔船出海归来，橹都统一放在龙王庙以东的小棚里，由专人看护。海木匠目前所住的这栋房子，是四十四年前盖的，房子东面市场处当时是海，从平房上即可甩竿钓鱼，外面有坝，坝高不足一米，平时海潮一般不会超越，风大的时候，海浪翻过堤坝，撞到墙上，浪花径直溅进了院里。每天晚上，他都是枕着海的声音入睡的。他说，以前渔灯节送灯是在晚饭后，现在改成了白天，以前每到正月十三这天渔村海面灯火闪烁，真好看，现在放灯常常就被船和海上养殖挡住，根本就放不出去。

这个渔村的"农转非"是在2008年12月28日，海木匠记得特别清楚，他说他的新生活是从那一天开始的。他曾在长春打工做过木匠，回村后出了几年海，1962年秋天到了渔村船厂工作，成为一名海木匠，主要任务就是造渔船。造渔船又称排渔船，由专门的海木匠施工。开工之日，先铺船底三块板，名为"铺志"，要放鞭炮，念喜歌，宴请工匠；渔船造到船面，举行仪式，称"比量口"，用红布包裹铜钱放入渔船底盘中间；最后的仪式是"上梁面"，安梁时，在船上做一个小洞，内放铜钱，用红布覆盖，再用面梁压住。村里在老龙山上修建灯塔，灯座是由这位海木匠亲手安装的，他和村里的瓦匠一起忙活了一个星期……老人

他回忆小时候，渔村家家都有小船，家家都有捕虾的网，他的父亲当时在海会工作，每年开始捕虾之前组织渔民抓阄，所有渔船按照抓阄的位置在海上有序排列，互不侵扰。

思维清晰，记忆力很好。我想要继续打听关于灯塔的往事，老人却话锋一转，谈到了他的童年。他说小时候的腊月里经常下大雪，雪花飘啊飘，现在再也看不到那么大的雪了，有时候一个冬天也见不到雪花，反而是南方经常下起了大雪。他感慨这个世道的变化。我对这个世界一直是怀有困惑的，且经常把这种困惑归结为不成熟所致。面对这位九十四岁的老人，听他慨叹对世事的困惑，我感到释然。不同的是，老人在困惑之后，更加清楚地知道，唯一的路，就是面对自己的生活。那时候，他过年跟着父亲去邻村赶集，买桃酥，过年拜姥姥和舅舅用。他会缠着父亲买鞭炮，他喜欢放鞭炮。他喜欢过年，因为过年可以收压岁钱，那时的压岁钱是五个小铜板。他喜欢吃糖包、吃甘蔗，那时的甘蔗又长又甜。他喜欢打陀螺，村里的井台底下不小心洒了水，结成冰，男孩就在上面打陀螺，女孩则在屋后荡秋千，秋千是用船上的桅杆架起来的……

听这位九十四岁的老人讲述童年往事，像是在听一个遥远的童话。

他也说到了以前的大海。那时的冬天很冷，海都结冰了，他经常从船上踩着冰走到岸上。寒冬腊月，鱼冻在冰里，他把冰块打碎，把鱼捡回去，主要是黑鱼和黄鱼，鱼肉很厚。

“而现在出海的人，把小鱼仔都捕回来了，一网打上几千斤小鱼仔，这叫自己害自己。”从海木匠这里，从老船长的言谈中，我听到了太多这样的质问。有的渔民觉得，海是大家共有的，你不拉网别人也会拉网。当缺少一个严格的共同的行为规范时，还有什么是可以依靠的？其实这也是当下所有行业共同面临的一个问题。不管外部环境如何，关键是你究竟做了什么？承担了什么？看到一些所谓知识分子在大谈特谈宏大问题，而拒绝从个体生命出发承担那些具体事务的时候，我觉得这是可疑的。

眼前这位老人九十四岁了，一日三餐，日常生活，都是自己打理。我问他，作为一个走过了接近一个世纪的老人，独处时经常会想些什么？

老人说，什么也不想。

这个回答过于简单和干脆，完全超出我的预料，我对此有些隐隐的不满和不解。按照我的惯常理解，作为一个年近百岁的老人，经历了那么多的世事，他一定会在独处的时候，逐一回想，感慨万千。不过，这仅仅是我——一个所谓知识分子的思维方式。而在眼前这位老人身上，在很多的人那里，并不是这样看待人生和社会的。我的一些所谓思考，不过是一种想象，我一直在想象我和世界和他人之间的关系。其实这是靠不住的。

想到了渔灯。在迷茫的大海上，一个人正当无路可去的时候，眼前突现一盏灯，这是多么让人激动的事。我曾经以为，这是一个关于生存的隐喻。而在渔村亲历的那些人和事彻底纠正了我，告诉我这不是隐喻，这是最真切的现实。

伍尔夫的小说《到灯塔去》，讲述了一个很简单的故事：拉姆齐先生全家和朋友们到海滨别墅去度暑假。拉姆齐夫人答应六岁的小儿子詹姆斯，如果翌日天晴，可乘船去游览矗立在海中岩礁上的灯塔。由于气候不佳，詹姆斯到灯塔去的愿望在那年夏天始终没有实现。第一次世界大战结束后，拉姆齐先生和子女重游故地，詹姆斯终于如愿以偿，和父亲、姊妹驾了一叶轻舟到灯塔去。但是岁月流逝，物是人非，拉姆齐夫人早已溘然长逝。

在这部小说中，伍尔夫一定有太多想要表达的东西，却无法完整和准确地表达出来。她选择了意识流。

正如此刻，我想写下对于灯塔的印记，却感到力不从心。

在离开渔村的前一天傍晚，我登上老龙山。我想，是该去看一看那个矗立在老龙山山顶的灯塔了，不管现实中的灯塔是什么样子，我心目中的那个灯塔都已经无法被改变。通往灯塔的山路有些漫长，渔村安排了专人陪我上山。隐在草木间的灯塔，有些荒凉。此前，我一直是远远地看和想象灯塔，现在我来到了灯塔跟前，站在灯塔下看海，看海边的那个渔村，我想起了站在海边遥望灯塔的那些夜晚，心中涌起别样的感慨。我知道我可能再也不会这么近距离地与灯塔相处了。这样的灯塔，在我看来更适合远眺。远远地望着它，就足够了。

眼前一片荒芜，找不到下山的路。我想象若干年前，渔村的人们在山上寻找一条路，只为了点亮灯塔，给渔船指明回家的路。

回家的路如此漫长。

下了山，这次漫长的寻访可以结束了。在渔村的每一个日子里，我都会遥望那座灯塔，却刻意不走到近前，我更想寻找的，是灯塔在渔民心目中的位置，抑或渔民藏在心底的灯塔究竟是什么样子。此刻，这座废弃的灯塔渐渐变得清晰和明朗了。

无字钟

风从海上来。再桀骜的岩石，在海浪日复一日的撞击下终将成为沙砾。一些写在沙滩上的文字很快就被海浪抹平，犹似浪花的绽放，转瞬即逝。它们想要表达什么？它们表达了什么？那个在海边远眺的人，还有那个从海上归来的人，他们心里装着的并不是一码事。人们习惯于面朝大海倾诉，却不懂得海的倾诉，不甘心做一个倾听者。他们只想把自己的话说给整个世界听。

我走在海边，时常是沉默的。听海潮涌动的声音，就像在听内心的叹息，它并不是来自我的体内，而是来自一个遥远而又陌生的地方。海从来没有明确地告诉你什么。你是知道海一直在试图告诉你一些什么的。我对海的理解，伴随了自我成长的整个过程。海不再是一个隐喻。它是一个巨大的存在，它所讲述的和它所隐匿的，都与我们有关。只是，我们未曾真的听懂。

《福山县志》记载了这样一件奇事：一口无字钟从海里浮

出，被渔民打捞上岸，挂到县衙的门前，后来又移到东城楼上，有两个人在楼下仰脸看钟，钟落了下来，一个人被盖到钟里，另一人被当场砸死……

这口无字钟真是让人浮想联翩。一口大钟，在漂洋过海的途中，船只遇险，大钟坠海，后来又浮出海面……这个故事，我视之为民间传奇，是对历史的另一种讲述。一口大钟在海中沉浮了若干年，它从哪里来，要到哪里去？它的身上，凝结着关于昨天、今天和明天的历史。因为“无字”，这个故事变得越发神秘，被赋予太多的想象和阐释，具有寓言色彩。巨钟沉浮，宛若历史的某种表情。在海涛声中，辨得出隐约的钟声，悠远，沉郁，像是来自地层深处，带着海的咸涩气息。它在遥远的昨天就讲述了今天的事，预言了更为遥远的明天。不着一字，这是神秘的书写，唯有海浪才可破解它们。有些东西，看似沉入了“海底”，终有一天它还会浮起，被世人重新发现与评说。

无字钟看起来更像一个倒置的容器，它不盛放任何东西，不占有任何事物。甚至，它拒绝任何文字和意义被附加到自己的身上。它的唯一使命，就是发出自己的声音，让更多的人听到这个声音。

它等待那个敲钟的人。一直在等待。

当它被装到船上，漂洋过海，它的体内是积蓄了另一种声音的。翻船，坠海，所有的声音都沉入海底。它听到了海的声音。直到有一天它浮出海面，被渔民打捞上岸。一口来自海底的钟，与一口民间的钟，在世人眼中似乎并无两样。钟是沉默的。人们在钟下谈论这口钟。没有敲钟人。也没有听见钟声的人。只有看钟的人，他们比钟更沉默。它经历了那么漫长的沉默，不想再容忍这沉默。它在等待那个敲钟的人。它漂洋过海，几经沉浮，只为见到那个敲钟的人。然而他没有出现。他们像路人一样经过它，谈论它，没人以为它是与自己有关的。他们谈论这口钟，就像在谈论别人的历史。

这世间的事，都是可以与这口钟发生关联的。它可以解释一切，警示一切。它的身上没有铭刻任何文字，但它记录了一切。它的沉默和声响，都是一种表达。

而我的所谓书写，仅仅只是一个人的感慨，它在更为漫长的时间面前是无意义的。

因为“无字”，一口钟在若干年后获得新的解读，也让当年的那些讲述和言说都变得暗淡与尴尬。

海水不停地涌向岸边。海要对岸讲些什么呢？海把无字钟推向岸边，它一定是想说些什么的。听懂了海与岸的对话，才谈得上真正懂得了生活。所谓“大海的召唤”，不过是人类一厢情愿的解读。海明威笔下的老渔民在海里与大鲨鱼搏斗，我从中看到的，与其说是勇气，不如说是巨大的孤独和恐惧。我曾采访过若干老渔民，他们对大海的普遍感受即是恐惧，因恐惧而心生敬畏。这是真正懂海的人。之所以常常把人置于海的背景中体现他的勇敢，这恰恰是因为对大海的恐惧感的存在。不同的视角，不同的心理需求，可从同一事物中解读出不同的东西。人类对大海的所谓征服，被视为一种精神，这是对人与海的双重误读。人与自然万物的关系，是需要以敬畏之心来看待的。

我是在一个很普通的工作场合见到他的，很早就听说过他，那天是第一次相见。他的语速很慢，满脸的温和与平静。这个城市的很多人都知道他的经历，最初在机关里工作，仕途顺畅的时候却辞职下海，走过常人没有走过的路也吃过常人没有吃过的苦，他最终得到了常人望尘莫及的成功。这些在他看来都不过是人生的一个过程。他的抱负，不是穿越大海抵达彼岸，而是成为一个“海”，包容所有的风与浪、成与败。那天第一次见到他，他的大海一般的沉静，给了我太多震撼。他似乎没有讲太多的话。这样的相认与相处，犹如一种阅读关系，并不需要太多讲述，精神的汲取与理解是自然而然发生的，不刻意，不夸张，不迎合，甚至也不拒绝。我从他的身上看到了我所向往的那种境界，我希望自己也能活成那个样子。

我在写作很多的文字。我知道有些东西是不必行诸文字的，那些最深的爱，那些最真的牵挂，那些最值得珍藏的秘密，还有那些关于明天的忧思，它们是与所谓表达无关的。

一些没有写到纸面的文字，被刻在了心上。

一些没有说出口的话，被那个渐行渐远的人听到。

风从海上来。无字钟随风而来，它并没有铭刻任何文字，只是向世人呈现了锈迹斑斑的样子。作为一个旁观者，我从一段传奇与一段现实的对视中，看到了既不同于传奇也有别于现实的一种东西。我说不出它究竟是什么。我听到了无字钟的声响，它曾被大海的涛声湮没，如今越来越被辨析出来。无字钟以及它所携带的历史，并没有被世人理解，他们以为这不过是一些奇遇而已。围绕这口钟所发生的那些事被记录下来，若干年后有个人从浩繁的史书中读到，他的心“咯噔”了一下。

无字钟以“无字”的方式说出了它所亲历的关于这个世界的秘密。它带着时光的斑斑锈迹，来到你和我的面前。

它说出了那句古老的话。

老人与海及其他

老船长跟我说起了他与大鲨鱼的往事。他已经八十八岁了，坐在我的对面，神态安详，声音平静迟缓。他说他十四岁就开始出海打鱼，没有死在海上已是万幸。那时渔民用的是摇橹小船，海上若是起了风，小船时常被风刮到现今的烟台开发区海滨，稍不小心，船就翻了，落水的渔民即使拼命爬上了岸，因为那一带荒无人烟，十有八九也会被冻死。直到二十世纪六十年代，渔村开始使用机械船，翻船死人的情况才减少了。就在我住进渔村的那天，这个城市组织乡村老人统一参观市容市貌，老船长也在其中，他目睹了开发区海滨翻天覆地的变化，想起昔日这里一片荒凉，想起那么多的渔民死在沿线沙滩上，忍不住流下了眼泪。

这个城市的海滨旧景，我曾在老照片中见过。前几年当地要建规划展馆，策划了一个新旧对比的主题活动，从民间征集了大量图片资料，我从老照片中看到这个地方的青涩从前。我把那些照片打量了很久,不知道日新月异的现实是那些照片的背景,还是那些照片是当下形势变化的背景。我说不清这是一个审美问题还是一个立场问题,不知道该站在哪个角度看待这个问题。我把这些解释不清的东西,归结为"发展"所致。当下太多人已经习惯了用这个词语打包太多说不清的东西,直到我在渔村听到老船长的讲述,在这些照片中介入了生与死的话题,我才恍然彻悟。对于身边的事,对于我所寄身的这个城市,我通常是以审视的眼光打量它们,其实在很多时候,生存才是首要问题,很多因生存而出现的妥协与让步是可以理解的;那些自以为是的评判,既忽略了别人的感受,也在生活认知方面出了问题。

话题很快就转到了那条大鲨鱼上。那年老船长才二十三岁,他与两个伙计出海打鱼,在海上漂了一天一宿,小船依然是空的,竟然一点收获也没有。回家的路上,他们就遇到那条后来被传说了半个多世纪的大鲨鱼。他记得当时并没有喜悦,而是越发忐忑不安起来,一路上除了恐惧还是恐惧,以至于此后的若干年,当他想起那时的情景,仍然感到后怕,感慨当年没有死在海里已经是万幸的了。

那夜的星星若隐若现,海像是动物的巨大呼吸。小船在夜色里划行,有时剧烈地抖动,他以为浪太大,看看四周,海上却是一片平静,后来他才知道,那是因为网里闯进一条鲨鱼,鲨鱼在网里挣扎,不停地拱动小船,小船晃动的幅度越来越大,随时都有可能侧翻。他们紧张起来，在茫茫的大海上不知如何是好。似乎是很久以后，船突然不动了。老船长突然发现，船不动了；老船长的两个伙计，也突然发现船不动了。老船长拔了拔网，网绳是直上直下的，拔不动，三个人一起用力，总算拔出一部分，却傻眼了，是一条粗壮的鱼尾巴。他们在鱼尾巴上又拴了一根缆绳，试了试，还是拔不动。当时海上漆黑一片。老船长说不要硬拔了，先保持体力，一切等天亮了再说。

天刚蒙蒙亮，他们就开始忙碌起来，网仍然是拔不动的，他们知道打了一条大鱼，却不知道这条鱼究竟有多大。船在海上走，老船长的思想也在激烈斗争着，不知是否该把大鱼放掉。如果那条鱼还活着，他会选择把它放回海里，这条小船哪里经得住这么大的一条鱼的折腾？可是，大鱼已经被网缠死了，就此放掉，实在有些不甘心……鱼在网里，他们把网收紧了，用绳子把鱼头和鱼尾两个部位拴在船帮，绑紧了。船平稳了许多，偶尔会抖动一下，又抖动一下，是很深很沉的那种抖动。老船长的心随着船的抖动而不停地收缩。一只小船，拖着一条不知道究竟有多大的鱼在茫茫大海里向着家的方向艰难地漂移。

老船长看不见鱼，却时刻感觉到小船和大鱼在海水里不停地碰触；每一次碰触，就像碰触到一个危险，又像碰触到一个坚实的依靠。小船与大鱼在海浪里竟然成了一种紧张的依靠与被依靠的关系。

返程中，他们先后遇到了两拨鱼群，可惜的是，网已被这条模糊的大鱼全部占据了。同船的两个伙计望着鱼群，满脸遗憾。老船长安慰他们说："海这么大，我们不能啥也想要啊。"

短暂沉默。

这短暂的沉默让我珍视。我知道在我们的言说之外有些共同的感受击中了对方。巨大的海，几乎也被穷尽了；人得有多贪婪，才能把大海糟蹋成这个样子啊。老船长叹口气，打破了这沉默。他说当年拖着大鲨鱼回家的路真是漫长，他多么向往有一盏灯，就像传说中的海神娘娘那样，擎一盏灯引领他们回家的路。对一盏灯的向往，成为活下去的信念。这样的一盏灯，并没有出现。

他们三个人轮流摇橹，在海里摸索着走了一天一宿。老船长用绳子拴了秤砣测一下水深，知道已经到了威海。他抬头，西北方向的星星正在不停地眨着眼睛，他的心中"咯噔"一下，可能要来风了。

风说来就来了。小船在海里飘摇。他们把捆绑大鱼的绳索收束得更紧，让船和鱼更紧密地联为一体，仍然放心不下，三个人又分别检查了一遍绳索，怕有什么意外。在风浪里，大鱼起到了稳固小船的作用。风越来越大。海浪撕扯着小船，撕扯着捆绑大鱼和小船的绳索。他们不时地检查绳索，怕绳结脱扣。老船长对自己系的绳结是从不怀疑的，渔村几乎每个人都会打一手漂亮的"结"，这是渔民必备的基本功。然而此刻，这么大的风浪，他总担心绳结松动，或者绳索被船帮摩擦断了，那样他们除了葬身大海，别无他途。他把生的希望寄托在大鱼身上，却又不够坚定，脑子里不时闪过一个念头：遇风的霉运，是不是跟这条大鱼有关？他甚至动了放掉大鱼的念头。这个念头只是一闪，他就不再深究，因为时间来不及了，容不得他有第二个选择，不管这条闯进网里的大鱼究竟是福是祸，眼下全力应对大风才是最关键的。

船随着大鱼在海里晃动。一个浪头拍过来，小船剧烈地摇晃，海水跳进了船舱。又一个浪头拍过来……船舱里的海水越积越多，船开始下沉，下沉……老船长和两个伙计的心也在下沉，他们在船板上跪了下去，一边磕头祷告，一边哭了出来。船在继续下沉，他们不再磕头了，一边哭，一边不停地用锅和盆往外舀海水。风卷着浪，固执地拍打小船。水越积越深。在漆黑的夜里，在茫茫的大海上，他们无处可逃，他们所能做的就是守住这条小船。人在彻底绝望的时候，往往变得比平时更加冷静。他命令两个伙计不要再哭了，稳住船，才是唯一的活路。他们把捆绑小船和大鱼的绳子收束得更紧了，把船和鱼更紧地联结在一起。海浪不停地涌来，拍打着他们的船。巨大的海浪声中，他听得见自己咚咚的心跳。他按住心脏的位置，提醒自己，稳住，一定要活下去。

在海上遇到大风，这是渔民最担心的事。一个老练的渔民会在风浪大作的时候把船固定在某个点上，这是他们面对风浪的态度和策略。所谓乘风破浪，其实是不合时宜的。很多人从中读出了执着，读出了挑战，我也曾这般解读风浪，人到中年，心态和理解世事的方式都发生了改变。我渐渐地明白了，在风浪中该如何稳住自己的船。这更像是一个关于时代和人生的隐喻。

风终于消停了。据老船长回忆，那阵风如果再刮上一刻钟，船必沉无疑。船里的水，很快就被他们用锅和盆舀回海里。他们坐在船上，缓了半天劲，才开始重新向着家的方向划去。船里已经没有了任何食物。船进水时，他们把所有能丢的东西都丢进了海里，包括准备的食物，还有酒。那一刻，他们只想减轻船的分量，哪怕只是减轻一点点的分量，没有什么比保住船更重要的了。他们只剩下了恐惧，哪里还顾得上饥渴。在茫茫大海上，回家的路，成为一条逃命的路，离家近一步，就离生的希望近了一步；他们拼命摇橹，既是向生靠拢，也是在拼尽全力摆脱死亡的阴影。他们商量是不是该把大鱼卸掉，以逃命为主。老船长有些不甘，也有些不忍。是大鱼救了他们的命，他们与大鱼之间一定有些说不清的关系。犹豫了一番，他决定继续带着大鱼上路。他无法预料，下一刻，是否还会遇到更大的风和浪，至少在刚刚过去的那一刻，是大鱼救了他们。

似乎很久之后，海上刮起东风，船顺风漂向老龙山。远远地看到了老龙山，虽说有些模糊，但是那种关于老龙山的感觉是清晰的，老船长叹口气，悬着的心终于落了下来。初旺的渔民出海打鱼，只要看到老龙山，就知道到家了。

船在即将靠近初旺村口的时候，风突然转成了东南风，船顺风而下，漂向邻村李家的方向。他们想要逆风划回初旺村口，风越来越大，要下雨的样子，再加上在威海湾死里逃生的遭遇，老船长当机立断，马上在邻村靠岸，先上岸再说。上了岸，他瘫倒在地，忍不住哭了。岸上有人早就看见这条风里的小船，很快就招呼十多个人过来，一齐动手把鱼拖上了岸。他抹一把眼泪，发现那鲨鱼还在喘气，嘴已经不动弹了，眼是睁着的。小船在海里艰难前行的时候，因为不停地与鲨鱼碰触、摩擦，再加上风浪的拍打，摩擦更为剧烈，在海上折腾了一天一宿，等到靠了岸，船帮已被鲨鱼磨掉了一寸多。那是一条长约七米的小船，鲨鱼比船身还要长。老船长踩着鱼背想跳到岸上，结果一不小心掉进了海里，慌乱中，他抓了大鱼一把，才稳住身，那一瞬间他发觉大鱼高度与他的身高差不多。这个细节他记住了。时隔半个多世纪之后，当我们问及那条大鲨鱼究竟有多大的时候，这个细节成为他判断的依据，他说他清楚地记得海水的深度大约到人的脖颈位置，他据此判断那条鲨鱼的高度足有一米多。

他想过是条大鱼，但是没想过会有这么大。等到把鱼拖上了岸，才发觉这鱼的大小远远超过他的想象。在看不到尽头的大海上，他没有想到他的小船拖着的这条鱼竟然会有这么大。多少年来，他梦寐以求的就是捕到大鱼，现在有了大鱼，却让他犯愁了，不知该如何处置这个庞然大物。村人纷纷赶来看热闹，他们从来没有见过这么大的鲨鱼，根本就不相信三个人驾一条小船竟能捕获这么大的一条鲨鱼，而且冒着大风，在海上折腾一天一宿把大鱼拖了回来。村里的老人说，这条鲨鱼是“哈弄”（音）。我问老船长“哈弄”具体是哪两个字，他也说不出来，就是一直在说“哈弄”。我猜测他所说的“哈弄”，大概意思就是老实，不咬人。在村人看来，如果那条鲨鱼咬人，他们三个人的性命根本就保不住，更别说把鱼拖回来了。老船长觉得村人的看法过于简单，他亲眼看到那条鲨鱼的牙齿很长，是锐利的，怎么可能不会咬人呢？

村人望鱼兴叹，具体到如何处置这鱼，谁也没了主见，束手无策。因为船被迫停靠在邻村，那里的水产公司有意合作处理这条大鱼。老船长想了想，也就同意了。水产公司安排一大帮子人开始动手分割大鱼了。鲨鱼的肝脏、鱼鳍被割下，鱼皮也剥掉了，鱼肝油装了满满的九筐，每筐足有一百多斤。整个水产公司忙碌不堪，空中弥漫着一股说不清的气味。他们把鱼肉切成条状，装了两船，一船送到烟台卖掉了，一船送回初旺腌制加工成鱼片，卖给了掖县（今莱州）。突然捕获了一条大鲨鱼，老船长有些发蒙，水产公司也从没见过这么大的鱼，缺乏处置经验，带着他四处找人推销和交涉。掖县的人骑自行车来过好几次，把鱼片买去了。一条大鲨鱼，共计卖了六百块钱，这个价钱在当时是很高的，比一条船在海上作业两个月的收入还高。他们都很高兴，觉得三个人没死在海上就已经是万幸的了，结果还发了笔小财。

老船长说，如果没有那条大鲨鱼，小船在威海湾必翻无疑。是大鲨鱼在风浪里稳固了小船，救了他们三个人的命。小船的载重量是五千斤，而那条大鲨鱼足有一万多斤。

老船长坐在我的对面，手里摇着一把旧扇子，神态安详。他的女儿在旁边感慨老人已经八十八岁了，记忆力依然这么好，每次出海经历都记得清清楚楚。老人说怎么忘得了呢，每次都是从阎王鼻子底下爬回来的，想忘也忘不掉。特别是出远海，太危险了，有的人出去了就再也没有回来。那时的船还不是机械化，海上只要遇了大风就凶多吉少，明知有危险，还是要去冒险，日子总得过下去。初旺三面环海，一面朝山，渔民一辈辈过下来，死也是死在海里。

我不曾在大海里见过鲨鱼。我所见的鲨鱼，是在鲸鲨馆。我陪女儿多次去到那里，她对海底世界充满好奇，对鲸鲨馆里的鲨鱼没有丝毫畏惧，她觉得好玩。

若干年过去了。如今老船长与大鲨鱼成为渔村的一段传奇，以至于我在渔村采访时，几乎所有受访者都谈到当年老船长捕了一条上万斤的大鲨鱼，包括那些年轻的村人，出海的和不出海的，他们都听说过这段传奇故事。我去采访老船长，他作为当事人的讲述，没有把半个世纪以前的那段传奇更加神秘化，他很认真地反复解释，不是他们捕的鲨鱼，而是鲨鱼自己缠到了网里，越缠越紧，最后动弹不得了。他说自己和鲨鱼之间并没有丝毫的“战斗”，事情的全部经过就是鲨鱼不知为何被网缠住了，然后他们就把鱼拖了回来，一路上什么也不顾，只想着逃命，劝自己不要害怕，离家近一步，就离船毁人亡远了一步。他说没有什么胜利可言，在大海面前，人有什么胜利可言呢？他没有夸大个人努力的成分，他甚至把别人所以为和传说的努力成分，直接从这个传奇故事中剔除了。他说当时都不知道那条大鱼究竟意味着好运还是霉运，他更多感到的，是恐惧。一条大鱼，让他们回家的路充满了恐惧。

海是不可战胜的，人要懂得妥协。老船长坐在我的对面，淡淡地说。

就像穿过一场噩梦，才抵达此后的生活。经历那次劫难之后，老船长再也没有想不通的事了。他向大海妥协了，向生活妥协了，也向自己妥协了。他坐在我的对面，神态安详，像是一个极深的启示。

“这段经历，是值得一辈子回忆的事。”

老船长摇头，苦笑：“到现在想起来还是后怕。”

我看着眼前这个老人，他在坦诚地讲述自己的亲身经历，一段在别人看来充满了传奇色彩的往事。时隔半个多世纪，他回想起当年的海上遭遇，依然感到恐惧。恐惧感在他的心里留存了半个多世纪，依然没有消除。

我想起海明威的《老人与海》，他和他笔下的老渔夫都是在回望人生，有一份达观，超越了通常意义上的成败。老渔夫捕的鱼，历尽千辛万苦，却被别的鱼啃得只剩下了鱼骨架，他依然乐观，毫不沮丧。海明威笔下的老渔夫是硬汉形象，他说一个人可以被消灭，但是不能被打败；而我所亲见的这位老船长，他是谦卑的，他说大海是不可战胜的。他一辈子风里来浪里去，没有什么英雄情结，他甚至在时光面前是妥协的，毫不掩饰地向我说起了曾经的恐惧。他说那鱼如果不是被困住了，稍微反抗一下，就会船翻人亡。他这样说着，更像是在反思、检讨，虽然语调是平静的，我依然从中感受到了巨大的不平静。他已经八十八岁了。岁月在他身上的留痕，就是看不出岁月的痕迹，所有遭遇在他看来都是命定的一部分，他讲述它们，那么平静和安详，即使是那些曾经的汹涌波澜，也被他内心的力量平息了。这个老人，他知道在生命的最后关头该如何面对生命；这个老人，此刻正在温和地回忆当年的惊涛骇浪，他说到了自己的软弱和恐惧，说到了当时只有一个想法就是活命。人再有力量，也是没法战胜大海的。他说他出了一辈子海，打了一辈子鱼，才得出这个结论。面对大海，人要懂得妥协，要有怕。他说到了村里的海会会长，前不久他随同老年参观团从开发区海边走过，睹物思人，他在车上流下了眼泪。当年海会会长就是在那一带遇难的，那天他们一起在海上打鱼，风太大，船有些失控，他的船漂向刘家村口，海会会长的船则靠在开发区的海边，海边没有任何遮挡，结果船被风掀翻，会长遇难了。早在 1957 年，海会会长带领一支船队去辽宁双台沟打鱼，当时共有十条船，每条船上四个人。从双台沟走到老铁山附近，来风了，渔民都吓哭了，呼天喊地。好在，那阵风很快就过去了，如果再刮一会儿，那支船队必定全部遇难。海会会长躲过了这一劫，三年之后却在开发区海边遇难。那个年代，上级对渔民提的口号是“好天使劲干，坏天坚持干”。海会会长响应上级号召，在坏天气里坚持出海，结果遇了风，送了命。老船长说，那个口号不符合实际，打鱼不同于种地，海上是不能坏天气也坚持干的，大海无情。

老船长站起身，给我倒茶水，他的手有些发抖，他说老了，手都快要拿不住东西了。作为初旺渔村德高望重的老船长，他不修饰也不拔高自己的经历，坦率地说出了恐惧。他是从大风大浪里走出来的人；他所要解决的，是最日常的生活。被别人当作了抒情和想象对象的大海，在他眼里只是生活的保障，是随时都要面临的危险，根本没有什么浪漫可言。

当年与老船长一起打鱼的两个伙计都已经去世了。我问他是否曾经梦到过那条大鲨鱼，他说没有，只是多次梦到水产公司带他四处卖鱼的场景，乱糟糟的，却很清晰。谁也不知道该怎么处置那么大的一条鲨鱼，他已筋疲力尽，只剩下了服从的力气，他只想把这件事尽快地结束，从恐惧和不安中尽快走出来……若干年后，当他老了，他时常梦到当时的情景，他甚至梦想着有一天能把这个梦做到底，让这个梦按照自己的期望延续下去。他后来一直觉得当时因为没有经验，再加上时间太仓促，很多鱼肉都被糟蹋了，如果自己动手慢慢处理，肯定会卖出更高的价格。那么大的一条鱼，才卖了六百块钱，现在想来有点吃亏。老船长的这个答复，是我没有想到的，这引发了我的更多想法。我之所以问他在长达半个多世纪的岁月中是否曾梦到过当年的场景，潜台词其实是想知道他对那样的一条大鲨鱼是否有过歉疚和悔意。然而没有。在我，这是一种典型的文人思维，额外赋予了风浪太多的所谓内涵，当我想要通过老船长的遭遇来印证这些内涵，他给出的却是另外的答案。在老船长那里，生活远比那些所谓想象更无情也更严峻，他说到了自己的身世，说到了早逝的爹娘，也说到了家里的罗锅叔叔。他从小爹妈就不在了，是奶奶把他拉扯长大的。他六岁那年，父亲出海打鱼，在唐山一带被海盗绑了票，爷爷四处借钱，把人赎了回来。父亲回家以后就病倒了，一年后去世。他十岁那年，母亲喝药自杀，撇下他和兄妹三人。妹妹才七岁，就给别人当了童养媳；哥哥到大连投奔舅舅，找了一份差事，挣碗饭吃。他一个人跟着奶奶过日子。奶奶去世后，他与家里的罗锅叔叔相依为命。后来，他见过哥哥一面，也去东北寻找过妹妹。自从当年骨肉分离，兄妹三人再也没有团聚。

回顾家族的血泪史，老人一声叹息。

人的一生中，曾经有过那样的一次海上遭遇，在村里，甚至在距离村子很远的像我这样的局外人看来，都是有些神秘的。当我见过了老船长，他那么平常，他的讲述也丝毫没有传奇色彩，海只是海，鲨鱼只是鲨鱼，那次海上的遭遇仅仅是一次遭遇，他没有赋予它们任何的象征意义，即使到了老年，关于那次遭遇的所有回忆也依然是停留在生存层面。他所后悔的，是因为没有经验，把鱼肉卖亏了。在别人看来，包括我，也是有些不理解的。这是多么形而下的具体问题。可是，这正是生活和生存的真相——不是老船长太现实，而是我们太矫情了。我从老船长的家里走出来，一路上都在这样想。

海对于渔民来说，不是浪漫，也容不下太多的想象，它们是残酷的存在。与这个残酷存在相对应的，是当年刻骨铭心的饥饿和贫穷。我一直以为自己对于现实生活有着深切的理解，见到这位老船长之后，我才知道我的所谓理解其实多么牵强和肤浅。还有对大海的认知，我曾写下太多关于海的文章，如今看来，我不过是在大海之外一厢情愿地理解大海，在风浪之外浪漫地看待风浪，而老船长们，是在大海里理解大海，在风浪里理解风浪。在渔村，村人向我说起老船长与大鲨鱼的故事，他们只记住一个基本事实，更多的细节被忽略被淡忘了。当我与老船长面对面，多么希望他会穿越时光，复现半个多世纪之前的那次海上遭遇，哪怕是添加一些想象的成分，在我看来也是合情合理的。然而老船长并没有任何的虚构，他平静地讲述了那次遭遇，不夸大，也不回避，只是平静地讲述。

我原以为，海在老船长的心里会一直涌动着惊涛骇浪；我原以为，隔着这么遥远的时光，老船长对那次传奇遭遇会有更多更丰富的理解；我原以为，我的所谓关于人性的想象，我的关于对未知事物的怕和爱，会在老船长这里得到确认……

他没有更多地阐释。他只向我讲述了真实的过程。这个真实的过程已经在他心里埋藏了六十多年,像一粒种子,他拒绝让它生根,发芽,拒绝枝繁叶茂。他把它一直埋在心底,很少主动谈起。

这是他一个人的秘密。他从这个秘密里看到了大海,也看到了大海后面的比风浪更真实的生活。

老船长有六个子女,五世同堂。他与老伴结婚七十二年了,两个老人从来没有庆祝过生日,他们不知道自己出生在哪一天。从前年开始,家族所有人都在正月初三这天齐聚老船长家里,权当给老人一起过生日。

老船长不喝酒,两天抽一盒烟,每天上午与几个老人凑到一起,打几圈麻将,严格控制在两小时以内,很规律。他说打了一辈子鱼,没想到晚年可以过上衣食无忧的生活。

老船长坐在我的对面,窗外的光线落到他的脸上,他缓慢地讲述,在我看来有些恍惚,像是隔了一层什么,究竟隔了什么我并不知道,但我知道隔开的绝不仅仅是距离和时光。他的讲述夹杂着太多方言,那是一些在渔民中才能流通和懂得的语言。我只是大概地听懂了。我试图从他的讲述中提炼一个主题,同样是“老人与海”的故事,他不似海明威笔下的“硬汉”,他向我们展示的是人在大海面前的脆弱和妥协。

院子里有几件渔具,我请老船长演示一下使用方法,他格外高兴,有板有眼地演示起来,动作娴熟、妥帖,这让我想到书法家对手中的笔，无须直视，就可感知到每一须毫的变化。我出生在农村，渔民生活对我来说是陌生的，有些看不懂。同行的朋友是海洋文化专家，他一口气提出好多问题，老船长越发来了兴致，耐心地演示手中的渔具。他的脸上漾着慈祥的笑意。看得出，他很久没有动过这些渔具了。

夜色降临，该告别了。我紧握老船长的手，老船长也握紧了我的手，交谈一整天，我从他的讲述中体味到了很多。对于我们的倾听，老船长很是感慨："现在的年轻人，不愿听我们这些老人絮絮叨叨，他们可以不听，但是那些历史，是真的。"

一个老船长，讲述了他与大海的故事。我只是一个倾听者，并不是记录者，是时光之手，记录了这些。

成为一座岛

这里曾是一座孤岛。河流入海沉积下来的泥沙日渐堆积成了伸向海里的一截陆地，最终把孤岛变成了陆连岛。有人一直向东走，走到他们以为的“天尽头”，在这里住下来，成为最初的岛民，日出而渔，日落而归，开始了岛上的生活。距离古登州不远处，散布着的大大小小三十多个岛屿，就像茫茫海路上的“驿站”，为那些驾一叶小舟穿越渤海海峡的渔民提供休憩补给、躲风避浪的处所。当他们向别人讲述海上遭遇的时候，难免添加一些神秘成分，渐渐地，这里成为世人眼中的仙境。海上奇遇，终究只是少数人的事，关于海上的诸多神话就是诞生在这少数人的讲述中，他们有意或无意地发挥想象和揣测，让自己的讲述绘声绘色，更具传奇色彩。那些传说一代代传了下来。有个渔民在海上遇见传说中的“巨人”，那巨人大声喝道：“不准再往前走了。”

这样的所谓“巨人”，其实在任何领域都是存在的。他们是先行者的障碍，也是检验勇者与懦夫、小成与大成的“试金石”。在他们所限定的“不准再往前走了”的地方，有的人并没有停步，哪怕流汗流血，以命相抵。前路对他们来说，已经不仅仅是一个去处，而是一种信仰，一种召唤。

茫茫人海中，我也时常会有“不准再往前走了”的遭遇。那种时刻我是犹豫的，我承认自己缺少足够的勇气，总想寻找一种可以兼顾更多可能的方式，把所谓伤害和风险降到最低限度。而在艺术领地，我没给自己留下任何后路，梦想自己的写作可以走向大海，成为海一样宽广的书写和表达。客居北京的那段日子，我曾写下这样的句子：“飘落北京的这场雨，是站立起来的海。”人海茫茫，无论身在何处，我的心里始终装着另一个海……

他是海一样的人。他的胸襟、他的视野、他的关怀，让我对海有了更深的认知。他的理想中的写作，是成为一座岛。

岛在海中，与此岸和彼岸都保持一段距离。似乎没有太多人在意一座岛与海浪的关系、海浪与一只鸥鸟的关系、一只鸥鸟与一艘沉船的关系。它们被写进大海，并不被岸边的人所看见。它傲立海中，体验风与浪，接纳来自大海最深处的力，给风浪间穿行的人提供“路标”。那些远航者，那些在海中迷失方向的船，才会真正懂得岛屿的价值。很多望海兴叹的人，他们站在岸边，只是把大海视为风景，把岛屿视为风景中的风景。

他留给这个世界的最后的文字，是纪念那些没有从海上归来的人。那是他一生的惦念。他的心里有更多的风浪,有此岸也有彼岸。他坦然面对一切,没有潮汐,没有浪涌,平静的表情里看不出任何悲喜。再大的事,再激烈的情绪,到了他这里就像一粒石子投进大海,波澜不惊。这是一个心中有海的人。他说他希望自己的写作成为一座岛。一座孤独的,岛。它珍视每一艘从身边驶过的船,珍视每一个深情凝望的人。它不属于此岸,也不属于彼岸。它只属于这海,属于一片巨大的水。它看到海面的风浪,也深知海底的祥和。它透出海面,带着关于海底的一部分秘密。它是洞悉海底全部秘密的。

然而它不说。它只是在海的波浪中仰起了头,像是一个倔强的表情。

它只是站立成了一座岛的样子。

作为一个并没有经历太多风浪的"水手",我的幸运在于读懂了岛的沉思默想。这个沉默的人,他知道太多关于海的秘密,那些帆船,那些远航,甚至那些沉沦的梦想,他都装在心里。文学理想在他这里不需要所谓坚守,因为坚守总是有些刻意的,文学早已融入他的血液之中。在他生命的最后时刻,在被病痛折磨的间隙里,只要稍能开口说话,所谈必是文学。这座岛,让他所关注与关心的年轻水手们真正认识了大海。

他留在了那里。以一座岛的姿态,目送更多的水手从身边经过。

海一直在涌动。岛是不动的,像一个站立海中的人,阅尽海面风光，也承受潜隐在海底的激流。岛不需要做太多，它只须站在那里；岛也不需要面对太多的人，它只须面对水手，面对那些真正走向大海的人。茫茫大海中，岛是一个独立世界。它坦然接受波浪的蚕食，把自己一点点地交付大海，如果有一天粉身碎骨，那是它以另一种形态成为海的一部分。

地球也是有生命的，河海是血液，山脉则是骨架，有的高出地面，有的埋在大洋深处，露出水面的部分成了岛屿。世界上大大小小的岛屿共有十多万座。还有另一种"岛屿"。譬如巨大的浮冰，抑或是一些海中的"异物"。有的渔民曾在饥寒中登上一座岛，他们生火取暖，岛却开始下沉，这才发觉踩在脚下的并不是岛，而是一只巨鲸。一只巨鲸，宛若一座游动的岛屿，它的若隐若现的青色脊背，还有巨大的沉默，把海衬托得更为浩大。

我曾若干次做过同一个梦：走过漫长的旅程，在一座无人居住的岛上，野花疯长，海草房里烛光摇曳，马修·连恩的曲子若有若无，一个影子深情地凝视另一个影子。这是青春的底片。那时觉得一座远离尘世的岛才是浪漫的。等到年岁渐长，岛在我的眼中更像是一种人生态度，是自己的另一种"现实"——远离现实的"现实"。他不满足于既有的现实，更想创造一个可以在时光中缓慢释放内涵的现实。所谓"冰山理论"，更多未曾写出的还在海面之下，需要借助想象来完成。这是对艺术的解读。岛屿也是如此，与想象有关。很多岛屿是常人难以看见的，而那些发现岛屿的人，在他们的讲述中有意无意地加入了自己的想象。

每一座岛，都是在海中扎根的一座山。它的隐忍成长，让它终有一天从海中昂起了头。

曾见过一幅照片，是一艘英国沉船，竟然成为一座绿意盎然的岛。这种强旺的生命状态，却让我更深地体会到了生命的苍凉。他的冷峻表情在我的心中浮现，渐行渐远，直到成为大海深处的一座岛。

飞　蛤

我一直以为，飞蛤隐在泥涂之中，以双壳自保。

一个偶然机会，我才听闻飞蛤最初是在天上飞的，以双壳为翅，像蝴蝶一般飞舞，成为海上一景。那时渔民吃蛤是需要花费一些力气的，他们缝制网兜，缚于长竿之上，在空中罩取飞蛤。从漫天飞舞，到隐于泥涂，这期间究竟发生了一些什么，似乎没有人关注这些。甚至，很少有人知道，滩涂里的飞蛤，曾经占据了海上的半边天空，它们俯视大海，洞悉风浪之间的秘密。

后来，飞蛤潜向滩涂，收起飞翔的翅膀，在风浪中守护属于自己的一方安静。当飞蛤被端上餐桌，常常是双壳伸开，想要飞翔的样子。飞蛤的肉是鲜美的。飞蛤的翅膀并不被理解，饕餮之后，它们被倒入垃圾桶。这真让人难过。当我知道了飞蛤的进化史，当我知道了飞蛤对天空的放弃，我就想，如果有一双翅膀，一定要去搏击长空，让更多的人看到，完成一双翅膀的使命。

一栋老宅的墙上挂着锈迹斑斑的渔具。老船长说那是蛤耙，渔村最常见的渔具。渔民手执蛤耙，耕作于海滩，就像农民持锄劳作于田间地头。这种简单的渔具，把沙滩割开，把隐藏在沙里的蛤类丢进背篓。

女儿蹒跚学步的时候，曾在海边捡拾了很多形状不一的贝壳，她兴奋地说这是大海的礼物。她用那些贝壳，在盘子里拼成一个漂亮图案。我认真地拍照，以这种方式留存“大海的礼物”。我只想到了作为一个孩童的创意和发现，却不曾意识到这样精美的图案，竟然是由太多翅膀组成的。

太多的翅膀汇聚成为一个静默的存在。我从这样的静默里体会到了巨大的不安，或者说，它给了我超现实的想象，以及美的体验。这是作为翅膀的另一种形态和功能。它们其实从来就不曾被改变。我想跟女儿说一些什么，却不知该怎么说。关于大海，关于风浪，关于对大海和风浪的理解，我不知该如何说起。

某天夜里，我做了一个梦，梦见飞蛤制造的翅膀风暴，在大海上空弥漫，直到笼罩了整个城市。我看到了比海浪更为壮观的景象。

这是一个启示。我却无法明确地说出它究竟启示了我一些什么。

海里的根

一只海龟在水族馆里生活了二十多年以后，被重新放回大海。装在海龟身上的追踪器显示，它在接下来的两年间每天行进五十公里，总行程接近四万公里。科学家认为，这只海龟是想回到一处被它视为“家”的地方。被关在水族馆里这么多年，它依然记得回家的路。

海阔凭鱼跃。在海上，鱼类也是有故乡的。它们对于故乡的守望与怀念，我们不懂。

常年在海上漂泊的人，更需要有根。方向即是他们的根。在海上，既要明白那些湾流与潮汐，还要听得懂风语。倘若出了差错，往往需要付出生命的代价。大雾天看不清码头，用绳子坠着秤砣沉到水底，测一测水位，就能判断出船靠在了哪里；发现鱼群之后，把竹竿插进海里，耳朵贴在竹竿上，通过竹竿的震动幅度即可判断水中鱼群的大小；判断一个地方到另一个地方的距离长短，渔民一般不说路程长短，而说耗时多少。返程的时间，如果与出海的时间相差太大，一定是船跑偏了，要赶紧调整方向；顶风行船，角度要稍微倾斜一下，方向才能正。传说有个船老大，双眼失明，品尝一下当地的泥土即可判断船的具体方位。有人故意逗他，船开出了老远，把起航地的泥给他尝了一下。他皱眉，说怪了，船开了这么久还在原地转悠……这些，都是海上的日常经验。他们以“确定”的方式，来应对大海的不确定性。

渤海湾里有一种叫作“偏口”的鱼，味道鲜美，再加上数量太少，所以卖价很高。这种鱼冬天在蓬莱一带海域产卵繁殖，当地渔民也就习惯了冬天下网。海里靠近堤坝的地方，有很多大石头，都是渔民从山上采来的。石沉大海，用来固定下到了海里的网。渔民称呼这种石头为“根子”。海那么大，下根子是有规则和讲究的。根子下到了海里，这块地方就是有主的地方了，别的渔民就会自觉地避开。我曾在当地一位作者的文章中读到了他回忆父亲下冬网的情景，面对茫茫大海，他不知道父亲是如何做到总能准确找到自己下冬网的地方，父亲的回答很简单，看山，以岸上的山为参照，山是不会动的。

一块石头，被下到了海里，成为渔民眼中的“根子”。倘若一块石头足够大，大到成为远处的一座山，则会成为渔民出海的参照。他们信赖石头，是因为石头自身所携带的分量和坚硬。风来浪涌，一个人在海里做事，也是要有根的，否则就容易随波逐流，迷失自我。

海与石，在渔民那里以这种方式发生了关联。这种方式，与最真实也最残酷的现实相关，早已突破审美层面。一座山与一片海，遥相参照，互为背景，两种截然不同的生命状态，其实有着更深的相通与相似。我是那个看到了这种相通或相似的人，这让我更深地理解了山海之外的那些事。

海里的根。不是修辞，是真实。在海里，渔民以山为参照，既不会迷失方向，遇紧急情况也可避险。

而我是生活在陆地上的。我在大地上奔走，有时脚下是踏实的，有时也像船一样摇摆，不知风从哪里吹来。有一年，在北方的某个村子，有人指着一块石头说，这是一座山，也许是世界上最矮的山。看上去，那是一块很普通的石头，高度不足一米。因在旷野中，村人为了扩大耕种面积，曾想把这块石头挖出来，却总也挖不到底。后经地质专家勘查，确认这是一座山，曾在地壳运动中塌陷，被埋到了地下。想象一座山，深陷于地表之下，犹如一座岛，隐没于海面之下。这是让人产生遐想的。这座最矮的山，与那些孤独的岛，有着相仿的境遇。我理解它们。

一块普通的石头，拥有一座山的根基。它的真实样子，与世人眼中的样子相差太远。所有的误读终将日渐明朗。那些被隐匿的部分，才是真正让人尊重的存在。

他站起身，从抽屉里拿出了一个罗盘。罗盘油渍斑斑，刻度已有些模糊了，看上去比眼前这个老船长还要苍老。他双手捧着罗盘，把脸凑近了，连吹三口气，附着在罗盘上的尘埃飘了起来，在阳光里清晰可见。

这个罗盘，伴他走过了四十多年的海路。后来不出海了，他把罗盘放进抽屉，一放就是十多年。倘若不是因为我们刚才聊到大海迷路这个话题，他几乎忘记了罗盘的存在。他把罗盘从抽屉里找出来，放在手中端详，像是端详一个很久没有见面的伙计，又像是端详另一个自己，眼神渐渐变得凝重起来。他说现在的年轻人出海全靠仪器，离了仪器就不知该咋办，海上那么复杂，光靠仪器怎么能行？还得有经验，好多经验都是用命换来的。比如说，有经验的老渔民在海上能提前预料到是否有风，然后决定是继续打鱼还是提前躲避一下。以前有风他也在外面打鱼，划着桨，成天成宿地摇船，别人都提前躲风去了，自己正好可以趁机再拉三网，踩着大风降临的时间点划回去。同样是出海打鱼，他的鱼获比同行都多，主要是靠了做“风”的文章，别人闻风就撤，他则是让自己再坚持一下，在风中作业，与风周旋，在风里捕获自己所需要的。

“这里面的道道，是说不清的。下海，要的是手艺。”老船长说。

遇风了。这是渔民最不愿遇到的，却又必须要面对的现实。在海上，一场风的突然来临，对他们往往意味着生与死的考验。渔民说话的嗓门一般都很大，这是因为他们说话的声音要盖过风浪的声音，对方才会听到。渔民习惯弓着身子走路，远远地看去，会看到风的痕迹。在海上迎风劳作实在是太难了，他们希望风可以穿胸而过，这也许是他们所能想到的对付风的最好法子。传说中有个穿胸族，他们的胸部是一个大洞，海风可以穿胸而过，他们在风中行走和劳作，也就减少了阻力。这样的关于风的想象，超过了作为一个人的正常想象。他们的胸，完全用来应对风了。他们想象，风是可以穿胸而过的，胸中所有的爱恨，所有的欲望，所有的梦想都可以掏空，只剩下一具肉身，用来应对风的到来。

命运交由一场捉摸不定的风来决定。在渔村，老船长们大多有过海上死里逃生的经历，回忆这些遭遇的时候，几乎都是说“遇风了”。风，能让他们迷失方向，也会让他们葬身大海。若是夜里遇到大风，就只能听天由命了。

“风里来浪里去，人总是要寻思一些东西的。”他说。这是一个不识字的老船长，他的经验是从最真实的风与浪中得来的。“老龙斑，不过三，过三再晚十八天。”意思是说，如果天上的云彩像是龙斑一样，三天之内将会变天；如果三天之内没有变天，那么坏天气就会在十八天之后降临。这是他自己总结的口诀，朗朗上口，易于让更多的人记住。时隔半个多世纪之后的今天，老船长谈到这些口诀，谦虚地说：“有时候准，有时候不准。”

古时渔民出海，没有罗盘，只能靠天象来判断航向，预测天气。他们对神秘的事物，保持了一份与个体经历和经验紧密结合的理解。不能随风而去，这是一个有经验的渔民最起码要做到的。他在风中校正自己的航向，回家的路一点点变得明朗。

我在心里问自己:“你做到了吗?”

我也是走在风中的,弓着腰,向着并不清晰的前方,一步步走去。有些风,是从身边吹过;有些风,则吹到心里,把内在的秩序吹乱了。

眼前的这个老船长,他曾经依靠手中的罗盘,穿行在风与浪之间。如今他老了,再也走不动了。他把罗盘搁置起来,他对方向依然保持了自觉的要求,即使是在家里,即使是不下海的日常生活,他也希望自己坐得端,行得正。

他十二岁开始出海,十六岁就当了船长,领着自家兄弟开一条船在海上闯荡。空闲时,他不跟同龄孩子玩耍,总喜欢往老人那里凑,不是凑热闹,是听他们聊天,学经验。他那时实在是太小了,太需要经验。在海上,什么事可以做,什么事不可以做,是有很多禁忌的,稍有不慎就会丢命。他风里来,浪里去,浑身是劲,却总也填不饱肚子。村人一分钱的收入也没有。父亲体弱,两个哥哥都染了病。他生有六个孩子 ,死了两个。他是这个家的顶梁柱。他再也不想忍受这种穷苦生活,决定逃离渔村。究竟去往哪里,他也没有确切的目标,只有一个大致的方向,就是穿过大海,向着传说中的关东一直走去。老船长称这段经历是“外流”。家人不同意他走。他执意要走。他不想眼睁睁看着老婆孩子挨饿,这样的生活太憋屈了。他有使不完的劲,他想离开渔村,去到一个凭力气可以赚钱养家糊口的地方。

最终,他流浪到了鸡西煤矿。

在鸡西，下煤矿是份苦差事，也是个技术活。矿上有规定，每个人必须经过一个星期的培训，直到把操作规程背得滚瓜烂熟了，才允许下矿。他没有念过书，这自然成了他的一道难关。他从小上船出海，就一直在不停地学习新知识新本领，他的学习全是以一个渔夫的方式，更讲究操作性和灵活性。而在矿上，有些东西是要用笔写的，他不大识字，又没人替写，只能依样画葫芦，包括给老家的妻子写信和汇款，也是依样画葫芦，一封信往往需要写好几天，用几个会写的字和一些符号七拼八凑，家人勉强猜得懂他的意思。隔着遥远的距离，他只能用写字这种方式来表达。他以前天天下海，很少碰过泥土，现在一下子沉到了地底下，黑乎乎一片，很是不适。活儿不累，只是每天需要像老鼠一样钻山洞，这是他最不习惯的。每天收工的时候，他从山洞里爬出来，满脸都是黑色，只有牙齿是白色的。

后来，他回到了渔村老家。离家整整两年，村子基本没啥变化，房子还是那些房子，人还是那些人，只是有几个熟悉的村人在海上出了事，再也见不到了。渔村三面环海，一面靠山，人死也要死在海里，祖上一辈辈就是这么过下来的。

黎明时分的栈桥，在阳光里多么安静祥和。几条小船横在海边，此岸与彼岸都变得不再重要，海浪涌动，宛若一些沉默的语言。海是蓝的，天是红的。海天之间，阳光正好。

空无一人的此刻，让人想到巨大的喧哗。这是夜晚刚刚离去的时光。在夜里，这里曾经发生一些刻骨铭心的故事。不远处的栈桥，各怀心事的散步者还没有到来。风没有衣袖，海也没有余温，太阳的光泽让人想起最初的恋情。有什么可以度量此刻的情景，钢铁的丛林，在阳光和大海之中显现最真实的面容，凌厉，倔强，无所畏惧，像一些没有枝叶的树，直指天空。这是黎明降临前的天空。太阳从海上升起。钢铁丛林的根，是扎在漂泊的船上吗？

漂泊的根。那个人在船板上看到了林木的影子。茫茫大海一如茫茫人世间，最起码的扎根成为最艰难的事情。

其实，这是一个人的内心丛林。在迅疾变化的尘世，人的内心是该存有一些坚硬的东西，作为精神与人格的支撑。不管世界怎么变化，内心的这个尺度始终不渝。这是没有枝叶的丛林，这是钢铁的丛林，拒绝枝枝蔓蔓。我们有限的心灵空间，已被太多的枝枝蔓蔓侵占。

海是平静的。惊涛骇浪都已走过。海边就像一个人的内心，平静，温和，并且充满坚定的信仰。

这是谁的天空？我忘记了所有人的名字。

他打了一辈子鱼，自己却不吃鱼。渔民出海，鱼获不能私自拿回家，但是在船上可以吃，愿吃多少吃多少。那时的大虾特别多，他一个也不吃，每顿饭，只是就着鱼汤吃干粮。直到他退休以后，不再出海了，才开始吃一点点的海鲜。我以为这里面一定是有些什么原因的，老船长没有说，我也没有问。

他从小就出海，却晕了一辈子船。这也是我不曾想到的，此前我甚至猜测过，像他这样常年漂在海上的人，是否适应陆地上的生活？他说，晕船是先天的，有什么办法呢？因为爷爷和爹爹打鱼，自己也只能打鱼，没有别的门路，人不能跟自己的命运过不去。他一声叹息：从十二岁开始出海，打了一辈子鱼，晕了一辈子船。有时候实在晕得厉害了，呕吐厉害了，他就吃个鸭梨，能好受一点点。他说酒量能锻炼出来，晕船却一辈子也没解决好，他就这样与这份不适应的“工作”纠结和抗争了一辈子。村里还有一个渔民晕船更厉害，不用说下海打鱼，就是躺在炕上听到浪的声音就晕。他也晕，但是他挺住了，他说只能咬牙挺住，家里的老少指望着靠他出海过日子呢。

晕船的时候，他会全身出虚汗，有时候会晕得像一摊烂泥。但是该干活得干活，该起网的时候必须起网。“晕船就不干了吗？”他像是在问自己，又像是在问我们。

作为一个老船长，打了一辈子鱼，竟然不吃海鲜；出了一辈子海，竟然晕船。我说不清这里面的究竟。当我置身渔村，与这个老船长面对面的时候，至少意识到了一种远在惯常思维之外的存在。

他在海上漂泊，为的是在岸上的渔村建一所房子。现在住的这栋房子，是他一个人建起来的。当年这房子是建在半山坡上，劳动量要比平地高出好几倍。他先把山坡上的石头挖出来，把地基整平整好，然后开始采石，备料。光是采石就耗费了三年，那时他正在农业队，每天上山干活，收工回家以后坚持每天摆弄一个石块，把石块用錾子打磨得端正光滑。他的房子全部是用石块垒起来的，一块砖也没用，所有的石料长短不一，错落有致。当年的老支书在他打磨的石头上题写了“艰苦奋斗”四个字，那块石头被砌进房墙，具体是哪一块，他也记不得了。我们站起身，看他居住的这栋房子，虽说有些老旧了，但从墙面看来，仍然看得出当年是下了大功夫的，每块石头都打磨得那么端正，地基足有一米多宽，显得底气十足。他说这样的地基，别人家是做不到的，这房子就是遇了地震，也倒不掉的。我在旁边插话说，将来拆迁也很难拆。

说到拆迁，老船长一时不语。我也不便再问，于是一阵沉默。

我是在农村长大的，对于农村盖房子并不陌生。记得小时候家里盖房子，提前几年，父亲就开始到山里采石头，用车子推回家，然后请了村里的瓦匠，把石头凿得端端正正，摆在地基里。等石头码得很高了，母亲开始张罗街坊邻居和亲戚朋友帮忙盖房子，砌墙的，上料的，大家齐心协力，几天的光景就把房子盖好了。动手盖一栋房子只用几天时间，却需要准备好几年。记得我家的房子盖好之后，欠了一千多块钱的债，父母在接下来的几年时间里都在忙着还债，贫苦的生活越发拮据了。

这个老船长自己一个人盖起了一栋房子，他没有求助于任何人,没有麻烦任何人,他这样做只有一个想法,就是省钱。那时太艰难了,他不知道明天的日子会过成什么样子,他浑身有使不完的力气,他相信只要有力气,再累的日子也扛得住。这六间房子,他一个人干了两个月,一点一点地建了起来。从外观看,这栋房子很平常,与其他房子并没有什么异样。仔细看,会看到石料材质还是很讲究的,他当初花费了很大心血。这些年来,我和朋友一直在胶东农村游走,在游走的过程中寻找和拍摄海草房。从海草房,可以看到胶东渔民曾经的居住习俗,他们发现当地海中细长的海带草隔热性好,且耐腐烂,可用来披苫屋顶,一般房顶苫得极厚,为防风揭,常用旧渔网罩起来。有的渔村至今仍保留这种海草房,即使烈日炎炎,或是倾盆大雨,屋内依旧隔热隔寒,冬暖夏凉,不透一滴水。城市化的浪潮,漫过了乡村,高楼大厦拔地而起,海草房越来越少,显得越来越落寞,抑或只剩下了观赏的价值,有的城市在海滨广场上仿建几座海草房,作为旅游景观。我的那位朋友多年来专注于海草房研究,用镜头拍摄了各种海草房以及至今仍然住在海草房里的人的生活,结集成书。在我看来,这是可以流传下去,且有价值的书。因为,它真实地记录了这个时代的生活,为后人留下一份珍贵记忆。

老船长正在讲述他的个人遭遇,老伴不厌其烦地走过来打断他的话:说那些干什么,都已经过去的事了。

是啊,都已经过去的事了,很快将被遗忘。我所做的,仅仅是记录下来，记录一个老船长曾经有过的遭遇，记录我所见到和理解的这位老船长。他并不知道我从书本上对他所经历的那段历史有着很多的了解，也有诸多不解。我的采访，从很大程度上其实正是为了解开心中的这些疑惑。我更愿意相信眼前的这个老人所说的。

第二次再去的时候，他的餐桌上摆着剩下的早餐。他让老伴去泡茶，他说你用那把新壶，老伴在隔壁找了半天，也没有找到他所说的新壶。他站起身，去了隔壁，随即就把新壶拿了出来，他说用开水烫一烫，把好茶拿出来。他所说的好茶，就在我身后的抽屉里，金骏眉。从包装袋来判断，大约该是市面上的假冒茶叶。他很认真地往新壶里下了茶，弯腰提起暖瓶，倒水进去，停了片刻，他分别给我和朋友的杯子里倒满茶水，又给自己杯子里倒了半杯，接着继续讲下去。

我们的采访开了头，就不必再提示什么内容，他总会找到话题，接续地讲下去。他的表情那么真诚，让人感动。他已经很老了，脸上的皱纹像龟裂的树皮，填满了时光的印痕。他的双眼炯炯有神，时常把手握成拳头，似乎身上还有使不完的劲。他甚至想跟我们试一试掰个手腕。在时间面前，他不服输。他勤恳了一辈子，不相信时间会改变这个一辈子的习惯。他每天都在门前的菜地里劳动，他说在菜地里干活，不小心摔了一跤，住了一个星期院，刚出院。老伴在旁边说，老了，还不服老。他说现在好日子刚刚开始，还想多活几年呢。

出海多累啊。他曾两天两宿不停歇地摇橹，一直摇到大连，到大连卖西瓜。西瓜堆在船上，在海里漂两天两宿，等到了大连，大多数都烂掉了，剩下几十个没烂的西瓜，只要能卖掉，就够本，跑这一趟就值了。

“这里面其实是有账算的。”他说。

他们之所以在海上漂泊，是为了在陆地上拥有更好的生活。他们的船停靠在初旺码头，被风浪打碎是常事，那时不像现在有保险公司理赔，船被海浪打碎了，渔民只好省吃俭用，重新置办，“拉饥荒”也得重新置船。那个年代，基本上没有转行的人，打鱼是渔民的唯一出路。老船长见我们脸呈感慨状，就解释说在海里打碎条船算什么？村里有多少人死在了海里？现在时代不同了，祖祖辈辈出海打鱼，到了孙子这一代，说什么也不愿出海了，他们觉得海上风险太大，宁愿去外地打工，再苦再累也不出海打鱼。

这个老人，即使远离了大海，也从来没有放弃对于方向的思考。他的对于大海的想象，从来就不是审美的，他一直在忧虑着，当风来，如何把握方向，如何不迷失方向，如何让自己的船找到回家的路。他的老伴常数落他，都不出海了，还操那份心。他说他退休了，但是他的心从来没有离开过大海，也永远不会离开大海。大海才是他的家。他是活在风浪里的人，风浪让他踏实和心安。

那个旧罗盘就摆在我和他之间的桌面上。他在回忆，在讲述，目光有时会落到旧罗盘上。

一个小小的罗盘，一个与前路和方向有关的物品，让我浮想联翩。刻度是模糊的。在风浪中辨识方向，在危急时刻保持正常的辨识力，这个小小罗盘的体内，需要储藏多么坚硬的理性。这个伴随他的全部海上生涯的罗盘，已被搁置了这么多年。他老了。不再出海，他每天用心侍弄门前那块小小的菜园。在他眼里，鱼在大海里也是有根的，就像庄稼在泥土里一样。

那些富有生命力的存在，都是有根的。

导航设备早已取代了罗盘。这与当年罗盘替代人对天象的依赖，是有本质区别的，设备的升级，并非必然意味着人的心智的升级，虽然所谓设备与人的心智有着太多的关联。所谓远航，即是不断建立这种关联，同时也不断割舍这种关联的过程。

我们轻易就把这种关联删掉了。

怀揣这样一个小小的罗盘，就能远走他乡、乘风破浪吗？

一条路，以及一条路所标示的方向，对于一个怀揣罗盘的人来说，究竟意味着什么？罗盘的存在，并不意味着茫然的消失。我从老船长手中接过那个罗盘，捧在手里，它的刻度早已模糊难辨。即使它是清晰的，我也不懂得如何使用，它被捧在我的手中，只剩下了意味深长的表情。

打缆

朋友采访过东海的那个老渔民，他会一百零八种绳结的打法，每一种绳结都有不同的作用。这个“结”，浓缩了所有的“风浪”，也包含老渔民对于整个大海的认知。在海上，在船上，绳结的打法是一件严肃的事，关涉生命安危。这种功能性的绳结被老渔民赋予了美感，他选用的绳子五颜六色，绳结状若乌贼、对虾等海洋生物。这是一个特殊的手艺，是这个与海打交道的人所特有的“审美”。当地为他建了“绳结博物馆”。不同的“结”，有不同的作用。可以想象，一个渔民，漂在海上，他把手中的一条绳子玩出诸多花样，这份耐心的后面，是巨大的孤独，是对于海上遭遇的诸多预防。

漫漫长夜，茫茫大海，一个人是如何打好一个“结”，然后再解开这个“结”的？在他那里，所有的“结”都是可以解开的。他的打结手艺，内在地包含了解结的那部分。想到日常生活中，太多的事在心里错综交织成为各种“结”，真正打开它们的，唯有自己。

系泊结是把船头的绳索系在木桩上,使船不致于漂走的绳结法,这是一种最简洁也最牢固的绳结,胶东渔民称之为“打缆”。

简单的扣。速度很快。绳扣越刹越紧。船被固定在了岸边。有的老渔民,一只手摇橹,一只手就可以打出绳扣。当船靠近码头,他们抛出手中的绳扣,把船牢牢地固定住,这是应对风浪的唯一选择。此刻,最简单的方式,亦是最可靠的方式。

当系泊结和橹摆放在一起的时候,我看到了一种内在的矛盾。系泊结的使命是把船留住;而橹的向往,则在大海深处。此刻的海成了矛盾的承载体和统一体。

摇橹是个苦差事, 却时常被岸边的人解读成了所谓浪漫。“橹”与“路”是谐音。一条船走过的路,海浪是知道的;海浪消逝了,海的体温留在了橹上。海上的事,被陆地上的人谈论时,已经缺少了风浪的背景, 那些谈论和讲述也都被抽空了某种质地。作为一个聆听者,我是知道这些的。我仅仅是知道一个概念,并没有更为清晰和具体的感觉。这是我的局限,不必掩饰和回避。我时常从我的局限里洞悉更多的事物。生活就像万花筒,它时刻都在旋转,我所需要做的,就是固守一处。固守一处,即可看到更多的陌生“风景”。

你用海水洗过脸吗? 没有用海水洗过脸的人,不能说自己是理解大海的。在海中绝望的人,海会向他倾露很多东西。因为绝望，因为距离死亡一步之遥，所以更深地理解了生，有了生命意识。理解大海，是需要生命意识的。或者说，对大海的真正理解，应该建立在对大海的恐惧和绝望之上，而不是所谓的感慨与抒情，甚至也不是“美”。

面朝大海，抒情是无意义的。

大雨到来之前，夹河入海口变得不安起来。一条河，长途跋涉来到海边，它会对大海说些什么？一些事远去。一些事来了。就像这潮汐，永不止息。我感到累了，说不出爱，也不知该如何面对自己和他人。这个世界多么辽阔，它属于我，亦不属于我。我想融入这个辽阔的世界，就像一条扑入大海的河，在融入大海的过程中已经一点点把自己耗尽了。我只把我的剩余部分交付大海，成为海的一部分。那些沿途迷失的“我”，成为我回望来路的坐标，成为内心说不出的滋味。

还有记忆。那些美妙的，那些苦涩的，那些难以言喻的，都被大海稀释，成为一种咸。我说不出爱，唯有让海水从眼眶里溢出。

老渔民拿来一截电线，在桌前比画操作起来，他说自从船上不用帆和橹以后，绳扣也就少用了。他熟练地打起了一个系泊结。同行的朋友心领神会，直接就在纸上画出了这个结。

我没有看懂。拿着那张纸，反复看，也没有看懂。这个“结”，以它的方式迅速移植到了我的心里，成为一个唯我独知的结。

而这样的“结”，在渔村已经越来越少了。现实像是一片汪洋大海,人心随风而去。我希望自己成为那个会打系泊结的人。我希望自己无论面对的风浪有多大，内心始终有个系泊结,就是那种最简单也最牢固的结。

其实我的内心有太多的结。有些结,唯有打结的人才可解开。我更喜欢缩帆结,就是那种活扣,用在系帆的缆绳上,再大的风也没问题,倘若想要拆开,只需找到预留的绳头轻轻一扯即可。这种绳结,把人的矛盾需求集于一身,可谓收放自如,皆有理由。

帆在我的心里。而风却是来自外部的。我给自己打好了缩帆结,牢固无比,再大的风也无可奈何。一路走来,转眼就走到了中年。我一直以为,那个待解的绳头永远是完好如初的,当我有一天想要拆解缩帆结的时候,才发现最初预留的那个绳头早已和绳结凝为一体,无法分辨。这意味着,这个我一直以为的活扣,其实早已成了死结,它把风和帆,还有我,牢牢地连接在了一起。是那些孤独的漫长时光,决定了这一切。我视之为命运。我唯有背负着我的命运，背负着我的再也无法解开的缩帆结，继续启航。

羽翼风暴

很多年以后，我才在我的认知里让大海成为大海，让海鸥成为海鸥，让它们剥离附加在身的那些意义，真正成为自己。

我记住了关于海鸥的另一种描述。它们被无限放大，且契合了我们这代人的青春记忆。关于爱，关于理想，关于对待风浪的态度……那时，我并没有见过大海。

第一次看见大海，我格外留意到了海鸥，是零零星星的几只，在海滩上，隐约可见。我以为海鸥与大海是如影随形的，事实上并非如此。海比想象中的还要大，海鸥却没有想象中的那么密集。在海边，它们是一群很容易就被忽略了的鸟。

潮起潮落。海鸥在退潮时啄取食物，空旷的海滩因为海鸥的点缀而具有了一种不同于潮汐的动感。它们像是被大海遗落在了沙滩上；它们像我一样茫然不知所措。我走近它们。在它们眼里，一个人的走近，就像一个浪头的涌来，并不值得在意。这个海滩上的所有事物，都不过是海的一种点缀。它们来自大海，风浪是它们成长的背景。我的内心其实携带了另一种风浪，这是海鸥所不理解的。

一幅关于海鸟的摄影作品斩获大奖。我从摄影界的朋友那里听到了关于拍摄的真实过程，这完全出自摄影者的“设计”，借助一种残忍的方式，才呈现出了照片上的那种“美”。这本身就违逆了美的本质，是一个关于美的悖论。

面对捕鸟者，鸥鸟保护自己免受伤害的策略，竟然是将鸟巢紧密地集合在一起，并且选择在同一时期下蛋。它们相信，不管遭遇多大的伤害，只要有一只雏鸟留下来，就是生机与希望。世界上首次立法保护海鸟，是在十九世纪三十年代的马恩岛。岛人不允许食用海鸟，任何在岛上杀死海鸟的人，都会被严惩。海鸟在他们心目中，不是寻常的鸟，而是先知的化身。每天出海前，只有看到了成群的海鸟，马恩岛的渔民才能放心地出海。倘若发现海鸟处于戒备状态，他们就会改变出海的计划。海鸟成为他们观察和把握大海的一个“切口”。常年与海打交道的渔民，看得懂大海的表情，也听得懂海鸟的语言。有的渔民在大海里迷了路，是海鸟指引他们找到回家的路，最终回到了马恩岛。

他们这样理解海鸟，自然也可以想到他们是如何理解人类，如何理解身边的同伴，以及如何理解他们自己。

如此，他们也就真正理解了大海。

一只海鸟，当它面对大海，当它融入大海，在波浪间穿行，它所亲历和体味到的大海，与我们站在海边和站在轮船甲板上的所见所思，是不同的。面对大海，我们甚至连一只海鸟都难以理解。一只海鸟，可以穿越大海的汹涌波浪，却无法逃避另一种伤害：在几乎所有种类的海鸟中，鸟胃里都已有了塑料。

波与浪构成了一条完整的海路。我想象一个踩着波峰行走海面的人，他把背影留给望海兴叹的人，他走在波峰与波峰之间，举步即是悬崖。有些时候，我觉得是海鸟的翅膀扇动了整个大海的潮汐。我的心里，有时装得下整个大海，却容不下一只飘忽不定的海鸟。它的羽翼，会把天空剪得支离破碎；它的鸣叫，覆盖了海浪的声音。偶尔的间隙里，我从中恍惚听到海的消息。我听不懂，但我知道那是海的消息，从海中来，到远方去，一闪而过。

我很幸运地看到了它们。

鸥鸟的翅膀划过天空，风暴一般。

当我扎根的时候，更需要拥有一双飞翔的翅膀。一棵树向着天空生长。高处的绿，凭借一棵树的根部力量，想要与天空对话。我相信它有一天会抚摸到云彩，完成与天空的独特交流，我不知道它们的交流内容，但是它们的交流方式给我鼓舞与力量。

在一棵树的衬托下，楼房也是有生命的。

一盏灯，像一朵朝向天空绽放的花朵。高耸入云的楼房，柔和的光线，我始终以为是与这盏灯有关的。而这盏灯，又是与这棵树有关的。而这棵树，究竟与什么有关？

当楼房、树和灯，以及天空这些原本平常的元素组合到一起，它们给予我的震撼感，该怎样表达？任何一栋楼房，一棵树，一盏灯，一片天空，都不足以触动此刻的想法。

对于这棵树的成长，每个窗口的后面都有一双关注的眼睛。太多的空间都是凝固和板结的。因为一棵树的存在，天空作为一个巨大的空间，有了无限的生机；那些高耸的楼房，也有了正常人的体温。我一直在想，所谓成长，是守候在一方空间，还是去另寻一方新的空间？在楼宇之间，原本可以存留更多的物事，而最终一棵树的成长，构成一个观照与省察的角度。这个角度是弥漫的。对于这片具有日常气息的居住地，这不是一道景观，这是一个精神事件，它所蕴含的坚韧、超拔，以及对高远的向往与执着，是高楼和高楼里的人应该致敬的。一棵树的筋脉，让我感受到了来自根部的力量和高处的召唤。

天空的召唤是无声的，一如来自大地的叮咛。始终伴随成长的，不是喧嚣，不是说教，而恰恰是这些无声的事物。最坚韧的力量，常常诞生在无声之中。

太多的成长，是向着虚无的。我看重根，看重飞翔，更看重天空与大地之间的存在，这是最真实也最震撼的部分。原本被忽略的空间，因为一棵树的成长，从此具有被仰望的意义。那些楼房像一个个具体的人，它们的站立，因为一棵树的映衬而有了力量和温情。

在住宅小区，我看到一匹马，展开了翅膀。被翅膀剪切的阳光，在大地流泻。一匹马，当它飞离大地，天空将是它更为辽阔的草场，没有嘚嘚的马蹄声，一双翅膀把阳光变成漫天黄金。天空因为一匹飞翔的马，平添了更多神采。一匹在天空飞翔的马，俯览芸芸众生，它会明白怎样的生活才是美好的，什么样的日子更值得去过。这些属于我的问题，对一匹马并不构成任何困惑，它的唯一使命，就是在天空驰骋，按照自己的方式表达自己，完成自己。

一匹飞翔的马，大于整个天空。它的翅膀在天空画下漂亮弧度，将太阳的光辉包容其中。这是一匹马在天空走过的道路，翅膀震动，若干个弧度重叠接续，组成一条铺向远方的天路。任何仰望都无法穷尽这样的一条路。一匹马，拒绝眼前的所谓草原，它展开翅膀，既是对大地的态度，也是对天空的向往。那些莫名的束缚，让一匹奔跑的马还必须长出翅膀，它对自由有着比人类更迫切的向往，它在脱离大地之后，从天空获得真正的安慰。那些人与事，那些隐在人与事背后的因果，让我从此明白天空与大地之间的说不出的关联。大地上的事物，在一匹马的翅膀掠过的地方，存在，并且继续存在下去。也许，存在即是最好的解释。在更多的时候，我把自己比喻成老黄牛，负重耕耘，实在累了时，偶尔把自己想象成为一匹飞翔的马。一匹马的翅膀，给了我突围的勇气和无限遥远的远方。在更远的远方，有个人一直在等候，等候一匹马带来同样遥远之地的消息。

而那些翅膀，就像若干交织到了一起的风车。每个风车都意味着一种或多种存在的可能。那些自以为坚固的,在瞬间破碎。我成为所有碎片的出发点,也是所有碎片的归宿;我本身即是所有碎片,每一个碎片都是我。一切都是猝不及防的。原来我并不安心于此在的状态。原来我一直在渴望从自我突围。原来我并不像我所以为的那样坚定。原来外界的色彩对我来说也是有效的。原来我一直身陷矛盾和犹疑之间。原来这世界并不是我所看到和以为的那样……我不是不满意于此在的状态,而是外界的存在总让我难以安心,让我恍然间与自我相遇,意识到自己肩上还有一份责任。

网里或网外的海

渔村招待所的南面是一家网厂，房间的窗户正对着网厂的院子。看门的是个老人，走路迈着外八步，腰间别着收音机，他在院子里一高一低、亦左亦右地踱步，腰间的收音机总是响着各种音乐，他什么都听，并不挑剔，似乎从不做任何的选择。我猜测他只是喜欢听到各种各样的声音，他是孤独的。想起我们住进这家招待所的第一天，已是凌晨一点多了，我躺在床上辗转难眠，从窗口斜对面的网厂传达室传来电视机的声音，夸张，无拘，像是一台戏正在上演。我越是难以入眠，就越是觉得受到那声音的搅扰，以至于有些愤愤不平了。天亮了转念一想，又觉得或许网厂看门老人的听力不太好，夜里又睡不着，只能靠电视打发时间。我的心里生出顾虑：此后我在渔村要住一个多月，假若那个老人的传达室每天都传出如此巨大的声响，我恐怕只能另觅住处了。我跟招待所的主人说起这事，他说那个老家伙啊，没事的放心吧。第二天夜里，窗外就安静了。我对这安静，感到有些不适，也有些歉意。招待所老板找到我，说看门老头昨晚喝醉了，睡前没关电视。当天我们去网厂采访，径直走了进去，看门老人并没有出来阻拦我们，也没有询问找谁。我朝他点点头，摆摆手。他也朝我点点头，摆摆手。我们从没说过一句话，却是早就认识了的，每天我写累了，就站到窗前，看天，看地，看网厂的院落，有时他会一高一低、亦左亦右地从院里走过，看我一眼，继续踱步。更多的时候，我看到他在织网。蓝色的线绳铺在地上，他跟另一个人捋顺那线绳，在我的窗前走来又走去，速度并不快，穿梭似的，隔个三五天就堆起了小山一样的网线，然后会有货车开进网厂的院子，把网拉走。

雨一直在下。网，齐整地摊在地上。雨水从西往东顺势流淌，流经这些网，然后继续流下去，就像海水从网中漏出的样子。有什么东西留在了网中？在目力之外，我看到时光的另一种形态。

我也想到了我自己。来这个渔村住段时日，对比渔村之外的那张现实之网，我的选择更像是一种逃离。我在“隔岸观火”。透过一片巨大的水去看火，火的烧灼感被淡化了。我对于“火”的理解，因为水的存在而发生了改变。彼岸的存在，是“异”于此岸的。

网厂的黑狗是用绿色网绳拴着的。黑狗无所事事，见了陌生人也一声不吭，看它百无聊赖的样子，我心里装着的那些事更加纠结起来。

雨连续下了两天。雨是容易让人滋生乡愁的。此刻，在渔村，我的乡愁指向了三十公里之外的城市，那里有我的家，我的妻女和父母。网厂传达室老人的收音机正在播着音乐，音乐声和雨声混在一起，像是一些莫名的情绪。这雨声一直延续到梦里，时而清晰，时而模糊。我竟然疲倦得没有力气醒来，只觉得雨一直在下，把网厂的院子淹没了。院里的网飘散开来，像被撒进大海的样子。我站在招待所的窗前，看眼前的海，以及海里的网。记得渔村招待所大门的两侧是被金色瓷砖包装起来的，其中一侧隐约有“网具厂”的字样露在外面，看来这个招待所从前也是网厂的一部分。走在渔村，可见各种残破的网用来做了门前菜园的围挡，到处弥漫着海的味道。

海的味道，大约是咸涩的。在高原，她随身携带了一小罐氧气，我问她，用得上吗？她说没什么，就是想尝一尝装在罐里的氧气。那是海拔三千米的大西北藏区。我们并不相识，是来参加一次笔会的。她身穿米黄色 T 恤衫，清秀洒脱，言谈举止都是青春的气息。“尝一尝装在罐里的氧气”，这是多么生动的讲述，让我想到从大海里被分离出来的，且装进了某种器皿中的水。当海水脱离了大海，它还是海水吗？

我来自海边。我从没想过尝一尝大海的味道。我熟悉大海的咸涩气息，觉得它们是无须确认的存在，犹如这大海，是不必质疑的。海如此博大，谁有资格质疑大海？

一张网，是不甘心的。

网里留下的是海的馈赠。网之外的海，永远在看着那张网和撒网的人。听老船长讲，以前一网下去可以收获上千斤的鱼，如今海瘦了，休渔期有人还在偷偷撒网。他说网扣越来越小了，连产卵的鱼都不放过。海瘦了。这个瘦弱的老人，他说海瘦了。

一个又一个的“结”，拼成了一张网。想起结绳记事。每个人都有自己储留记忆的方式。我们都是在与各种“结”相处的。在渔村，一个老渔民可以随手打出若干的“结”，用来应对不同的状况。生活是一张网，我直到中年以后才算真正理解了这个比喻。网，看似相同的格子，并立于同一平面，而只有亲历了一些事，才会懂得格子与格子是不同的，正如城市的万家灯火，同样的窗口闪着不同的梦。一张网，筛掉一些事，留下一些事。网是由一个个的“结”构成的，那么多的事交织在一起，用来比对和筛选那些后来的事。在渔民心里，是信赖“经验”的。他们的很多经验是从风里来，从浪里淘的，甚至是用命换来的。

一张网，是人与海打交道的工具。从一张网可以窥见人的内心，网扣的大小，决定了人与海的关系，这里面有最起码的伦理和道德。人类与大海之间，不仅仅是征服与被征服、赞美与被赞美、想象与被想象，还应该有更为平和与久远的东西介入进来。而我们，常常忽略了这些。

海在我的心目中，是有人的性格的。我时常想象，石头之间也是有语言的，无非我们听不懂而已。鱼类之间的交流，比如一条普通的鱼，如何与一只鲸鱼产生对话？当那条鱼进入鲸鱼的体内，距离更近了，真正的对话是可能的吗？

海里的资源越来越少。一张面对大海的网，让我觉得整个思绪漏洞百出。

我看到网里的海与网外的海，被一只看不见的手操控着。网厂的那个看门老人，我觉得他是渔村的智者，他同时懂得网里的海与网外的海。

我们所看到的，只是海面。海底是另一个世界。海洋里的生物如此丰富，必然是有着自己的规则与内环境的。我们所看到的海面与风浪，并不是海的全部。海的全部并不被我们所看到和认知。莫里曾说：“海洋是个巨大的哺乳室。”海底是一种均衡和稳定的生物世界。

水成为一道阻隔。水中的世界，成为区别于我们所在世界的另一个世界。因为未知，因为不同，当若干的水汇聚成海，面对这个巨大的未知和不同，我们首先想到的是恐惧，其次才是所谓的审美。美，在保持距离的时候更易产生，比如海边漫步，岸边观海，等等。当一个人深入大海内部时，他更多感受到的是恐惧。这是我的切身体验。这种体验让我对所有抒情和比喻保持一段距离。

海覆盖了地球的大部分。多少秘密隐在海底，因为探测的艰难，所以都被视为宝藏。所谓海底世界，因为它沉淀了太多，包括那些海难。那些在海上的一切，海底世界在他们眼中是神奇和神秘的。

一张网，把大海分成了网里与网外两个世界。比大海更为宽广的，是人的心灵。而最能透视人的心灵的，是一张网的密度。我曾在老渔民的家里见过一幅旧照，是二十世纪八十年代渔村的情景：海，是青涩的；船和人，也是青涩的。渔市边缘的那栋老宅，一个年轻人坐在自家平房上垂钓，飞溅的浪花，径直落进院里。有鱼，也随着浪花跃进院里。

那个小小的院落，是一张朝向天空的网。

徐福东渡

在胶东一带，古时有“三神山”的传说，认为海中有蓬莱、方丈、瀛洲三座仙山。他们这样讲，是有他们的“现实”依据的，因为胶东一带常有海市蜃楼奇观，在科学不发达的年代，人们无法解释这个现象，只能借助于想象。再者，距离登州不远处，是庙岛群岛，再远的还有日本诸岛。当时渔民出海，一定是见过这些岛屿的，他们在向别人讲述的时候，对于其中解释不清的部分，难免就赋予了一些神秘色彩。在上古之人眼中，大海是一个充满了黑暗恐怖的地方，他们认为中国四周有海环绕，所以称中国为“海内”，称外国为“海外”。“三神山”的传说，包含一种拓展了的对于世界的认知，他们觉得大海的彼岸还有很大的疆土，属于另一个同样的现实世界。后来，在方士们的讲述中，便将海中岛屿演化成了“三神山”。但在现实中，所谓三神山，关于方丈和瀛洲的具体记载很少，人们谈到仙境，更多的是指“蓬莱”。

东夷海边是神秘之地。每天生活在这里的人,并没有觉得神秘,日常的生活将神秘感消解得几近于无,当习以为常的生活被外力打破时,那种神秘又会以一种更加神秘的方式显现,面孔竟然变得越发清晰起来。

徐福故里是经常可以看到海市蜃楼的。

徐福后来选择了用海市蜃楼一样的想象来应对最严酷的现实,而雄才大略的秦始皇也臣服于这个来自齐国的方士所描述的想象。在盛行方士的东莱,徐福有着与他的方士同行们不同的大构想,他既不满足于作为一个方士所期待的那种被欣赏被器重,又不畏惧当时最为恶劣的社会环境和政治压迫,他以勇气和智慧去解除自己的困境,践行自己的抱负,使自己与其他方士区别开来,甚至,使自己所创造的避乱世于一隅的"小环境"与当时动乱的社会大环境区别开来。与徐福同时代的方士,还有卢生、侯生等人,他们不仅通晓方术,而且熟知天文地理及航海知识。他们抓住秦始皇性格中的某些弱点,以入海求仙为名,骗取巨量钱财,大肆挥霍。他们知道找不到长生之药将会面临什么样的后果,却没有为自己准备一条切实可行的退路。在找不到仙药的情况下,卢生、侯生等人采取了各种欺骗手段跟秦始皇周旋,甚至诽谤秦始皇,为了逃避惩罚,他们狼狈逃亡。与他们相比,徐福更决绝,更智慧,更有远见和胆识,他没有给自己留下后路,他漂洋过海,从海上开创了一条路。

他是最早探索海洋出路的人。

一直向东走。在那个遥远的年代，人们常常止步于海边。而徐福，是突破大海的第一人。依靠简单的航海工具，他在波浪之间寻找路，在海的尽头开拓了另一个空间。这是一次伟大的出走，比郑和下西洋和哥伦布发现新大陆都早了一千多年，他走过的是一条前人没有走过的路，甚至可以说，是一条前人不曾想过的路。

之前，他的先人曾经走过一条东迁之路。关于莱国东迁路线，史书并无记载，大约该是沿着海边走的。因为海边有很多河流的入海口，有水可供人畜饮用，还有丰富的海产可以充饥。那时很多地方根本就没有路，沿着海边走，起码不至于迷失方向。到了后来的徐福东渡，不仅路线扑朔迷离，就连出发地和落脚地至今还存有争议。关于这次出走，《史记》是有明确记载的，但是从哪里启航，最终去到了哪里，并无详尽记叙。“得平原广泽，止王不来。”寥寥数语，留给后人无尽的想象。据考古发现，日本和朝鲜都发掘出了中国春秋时期的大量古物，这说明了两千七百多年前，已有中国人走过通往朝鲜半岛和日本的航路。

在大海之上，他蹚出了一条路。

出走是艰难的。更为艰难的是，出走以后又该如何？徐福要克服路上的问题，抵达目的地后还要重建新的生活。这牵扯很多具体的问题，是一件高风险的事。作为一名方士，徐福对此显然是知晓的，他对于自己的去向，有着理性的认知和缜密的谋划。一个对国家和社会现状具有清醒认识，且知道自己该干什么、能干成什么的人，即使在当下也是大智者。徐福以寻仙求药为由，率三千童男童女，加上百工和弓箭手，大约要在万人以上，浩浩荡荡名正言顺地从秦始皇眼皮底下出走了。其实，仅从这支出走队伍的结构和组成来看，移民倾向是很明显的。徐福把这些缜密周到的准备，归结为祭献神仙的需要。这个理由契合了秦始皇追求长生不老的心思，获得他的信任。秦始皇因为寻求长生不老之药，已经上当受骗很多次了，按照他的警觉，对徐福的大动作理应有所质疑。他最终选择了信任。他迫切寻求长生不老的药，恰恰反证了他当时的身体状况，这是他最大的心病。他是有些急切的，以至于死在寻求长生不老药的途中。

距离徐福最后一次出海七十多年后，汉武帝也派人到东莱郡寻仙求药，并且先后八次亲临东莱郡。方士少翁、栾大等人设置了各种骗局，最终被识破，搭上了性命。汉武帝最终“刹车”了，宣告中止求仙活动。他没有像秦始皇那样死在寻求长生不老药的路上。

徐福东渡是当时皇帝关注和参与的大动作，涉及数千童男童女，船队浩浩荡荡。就是这样的一段史实，开头和结局却是扑朔迷离的，究竟从哪里启航，究竟去到了哪里，这都成为千古奇谈，不解之谜。直到今天，后人还在争论徐福东渡的出发地。其实，汲取徐福东渡的精神力量，或许比所谓出发地的争论更有意义。在那样的社会环境中，作为一个能够洞悉社会秘密的人，究竟可以做些什么，能够做些什么，这或许更有意义。他做了一件同时代人无法理解和想象的事。不但当时的人无法想象，即使是在千年之后，他的出走仍然是一个谜。

历史的神秘性，既有其自身的神秘，亦与后人的赋予有关。倘若层层剥去所谓神秘性的外衣，最终裸露出来的，却是言说者之所以言说的最初动机。徐福东渡，既完成了对秦始皇暴政的抗争和逃避，同时客观上也在出走的过程中实现了对大海的探索，走过一条前人没有走过的路，具有双重的意义。

前人所走过的路，直到现在依然需要我们不断地拓展自己的想象力，才会尽可能地与其吻合。那些被时光模糊了的路，在后人那里不断地被想象和被还原。这是现实中的路。还有精神之路，那些经典的著作，对于后来的读者有着诸多的进入路径，不同的进入路径可以从中发现不同的美，一直有着阐释不尽的魅力。对于先人所走过的那些路，不管是现实之路还是精神之路，我们只是一个追随者、观望者、慨叹者，甚至猜想者。这也是他们之所以伟大的一个根本原因。他们在起步的时候，对自己所走之路的认知和理解，就已经和众人区别开来。这种区别，无论时光如何漫长，始终是有效的。

他们不甘心把生命囿于一处。他们在行走的过程中，建构与世界的联系，同时也完成了对于道路的发现和拓展。

如今，人们大多不再关注走路的轨迹了。高铁，飞机，从一个地方，去往另一个地方，都是瞬间的事，不再有跋山涉水的艰辛。与此相对应的思维，就是越来越看重抵达的结果，而忽视了行走的过程。其实，有些意义和不为人知的快乐，是在行走过程中的。

当我们走路的时候，也要想到后人将会如何看待我们，我们所走过的路与后人将要走的路，是一种什么样的关系？我们在研究和想象前人所走过的路的同时，也要对我们自己正在走的路有一种自省意识：这样走下去，经得住后来者的关注和追问吗？

看大海，我总会看到徐福的背影。

登州与明州(宁波)、泉州和扬州，并称中国四大古港。登州的特殊性，与庙岛群岛有很大关系。庙岛群岛距离蓬莱的最近距离不足四海里，距辽东半岛的大连老铁山也就二十二海里。若干个散落海中的岛屿，像一条链状桥梁，把两个半岛联系起来，也把海路分割成了若干段，在航海技术尚不发达的年代，这让最初的远航成为可能。考古已证实，早在四千多年前的龙山文化时期，山东半岛就通过庙岛群岛与辽东半岛和朝鲜半岛有了文化往来。一叶扁舟，从登州北行，庙岛群岛的许多岛屿既可视为海上地貌标识，又可作为天然的"休憩站"，进入辽东海域以后，再"循海岸水行"，沿朝鲜半岛西海岸南下至日本九州岛，船上的视野始终不离陆岸，不易迷失方向，一旦遇到风暴或紧急情况，还可尽快靠岸避险。

公元845年七月，日本圆仁和尚一行到了楚州，也就是今天的江苏淮安，想要在那里搭船回国，却被地方官员以楚州"未是极海之处"为由拒绝，要求他们必须到登州办理手续。不仅如此，他们在楚州的停留时间也受到了限制，只好沿海岸线北上。他们到了海州（今连云港）州治所在地朐山县，到县衙要求"从此发归本国"。县衙答复说，近期有新罗僧也想从这里过海归国，没有得到州里批准。圆仁和尚一行又到海州请示，也没有获得批准。他们只好继续长途跋涉，折腾了一个多月，终于到达登州，办妥出关手续，又在登州等待了两年时间，才搭上归国船只，回到日本。

这是日本圆仁和尚在他的《入唐求法巡礼行记》中的记载。圆仁是高僧，他的师傅是广智，广智的师傅是道忠，而道忠的师傅就是著名的鉴真大师。圆仁在中国求法十年，足迹走遍半个中国，他所写下的《入唐求法巡礼行记》，与中国玄奘和尚的《大唐西域记》，意大利旅行家马可·波罗的《东方见闻录》，被称为"世界三大旅行游记"。从圆仁这部著作的记载中，可以看到一个"外来者"眼中的唐代登州社会状况。他在书中详细写下了在中国的经历，文字客观冷静，有些地方难抑好感，但在归国问题上，他在沿海地方连续三次被拒，以至于在登州等了两年时间，才最终搭上新罗商人的船。这也映照了另一个史实，在唐初，登州港是中国北方唯一的通关口岸。这条海路大约一直延续到了北宋。公元1000年，高丽人的一艘船，坏在了明州，宋真宗下诏将其交付登州，遣送回国。明州和登州都属中国四大古港，船在明州出了故障，却需要转送登州办理归国，可以看出登州的特殊地位。从朝鲜半岛过来的船只，通常是从登州靠岸上路，经青州、兖州、曹州（菏泽）、汴州（开封）、洛阳，最后到达长安。这是隋唐至宋代，朝鲜半岛的高丽、百济、新罗与中国官方往来的主要路线……

正如鲁迅先生所说的那样，世上本没有路，走的人多了，也便成了路。陆路如此，水路亦然。春秋时期齐国开辟的这条从今天烟台地区北部沿海起航，途经庙岛群岛，东通朝鲜半岛的海上通道，后来成了著名的"东方海上丝绸之路"。登州作为始发港，是基本可以确定的。当然也有争议，各地都在争夺历史文化资源，"始发港"自然成为一个话题。不管如何，庙岛群岛的地位是谁也不可否认的，当年的东方海上丝绸之路，不管是在蓬莱启程，还是从龙口、琅琊或荣成出发，都要途经长山列岛。一座座岛屿，既是海中航行的参照，也是一个中转之地，船在这里停靠，修整，补充食物，然后再出发。遥想航海技术并不发达的年代，我们的先人驾一叶独木舟，乘风破浪，穿越渤海海峡，靠一个个的岛屿，串联起了整个漫长的航程。这是"天意"。他们把"天意"归结于神助，这也是一种理解方式。

开元寺已经不复存在。清朝《登州府志》记载："在城内西南隅，唐开元建，明永乐八年、天顺间、国朝顺治十七年累修。"开元寺是在1938年抗日战争中被焚毁的。这个地方，留下关于东方海上丝绸之路的太多记忆。一座不复存在的佛寺，以无形的方式留存于历史，留存于后人的想象之中。近年不断地有人建议，这么重要的一处遗址，应该恢复重建。

唐代的文化繁荣，吸引着朝、日使者纷纷“循海岸水行”，从登州上岸，入唐学习。这些使者到了登州，开元寺是暂住之地。当时的登州，是中国北方第一大港，既是新罗、渤海、日本等国进出唐王朝的必经之路，也是中国北方与海外贸易交流的主要集散地，颇有“日出千杆旗，日落万盏灯”的景象。那么多的人从登州登陆，有的继续出发，从陆路去到长安朝贡；那些没有资格入朝的随从服务人员，就留在了登州。史书记载，仅入朝的人，就有二百九十三人之多；随行的水手、杂役人员，应该是高于这个数字的，少则几百人，多则数千人，都留在登州待命。从登州进京，往返需要好几个月，这样一来，留守在登州沿海码头的随行人员，就有了充分的时间与当地人打交道。他们除了带给皇帝的贡品之外，还携有大量物品，用于跟当地人交换。这就促进了登州的商业和贸易。这种私下贸易越演越烈，明代的朝鲜使团就因为在登州进行私下贸易而耽搁了进京朝贡时间，有些本末倒置。买卖终究是双方的事，由此可以看出当年的热闹情景。浩浩荡荡的船队停泊在登州海口，使者上岸接受当地官员的迎接，水手和杂役人员忙着搬运进贡物品，壮观的场面可想而知。登州这个海边小城，为之悸动。这里的人，以异样的眼光打量这些外来人。

开元寺是一个见证。后来，日本圆仁和尚在开元寺的斑驳墙面上，辨认出了当年日本遣唐使的题名留念，历史在那一瞬间由模糊状态一下子变得明朗，先人曾经走过的路也变得确切起来。那些斑驳的字迹，那样一个相认的瞬间，在若干年后的这个阅读者和书写者的心里，像一束闪电，瞬间即逝，却留下难言之感。而这种难言之感，是幽微的，它原本尘封在时光里，却在转瞬即逝的一刻，被唤醒，被点亮，被深长地怀念。

人类是逐水而居的。生活在海边，有诸多便利，也随时面临溺水的危险。他们后来发明了浮筏，将若干树干扎在一起，置于水中，用来应对水中作业。再后来，发明了舟。在杭州萧山跨湖桥遗址博物馆，陈列着“中华第一舟”，比河姆渡还要早一千年。那是一根独木凿成的小舟，如今只剩一块木头的遗骸。再后来，人类开始远航，关键在于学会了应用风帆，把不同的季风作为驱动力，人的力量与大自然的力量结合到了一起，借此穿越茫茫大海。遥想当年的一艘船，载着某种使命，同时也掺杂着一些私心，开始启航。他们在大海里开拓了一条路。接下来，诞生了航运、旅游、商贸……人类踏水而行，生存空间越来越大，各种欲望与日俱增。

在地球的总面积中，海洋占了百分之七十以上的份额。据联合国教科文组织统计，全世界海洋中约有三百万艘未被发现的古沉船，这些沉船大多集中在历史悠久的海上要道。仅在中国海域，中外考古学家就发现了二百多艘古代沉船。每一艘沉船都隐藏着悲壮的故事。而更多的悲壮，都沉入水底，并不被更多的人所知道。

《废铎呓·舟沉》中讲述了这样一个故事：一艘船在登州港附近沉没，两个幸存者游到了岸上。据这两个人讲述，船上有一百多人，都是去长白山采人参的，他们把采到的最大的人参私藏起来，因为害怕被雇主发觉，就一起逃到海边，雇了一条船返乡。船沉了，那些人参都用油布包着，很难透水，他俩愿意带人下水打捞。岸上的人一听，觉得来了发财机会，就召集一些水手，乘着小船跟随那两个人去了，行至舟沉处，他们跳下水，却一个也没有上来。又过了一年，有渔船经过此处，海水忽然变清，海下沉船依稀可见。船上的人纷纷跳入水中寻宝，这时海水突然变得浑暗，那些人全都葬身大海。

《废铎呓》是清朝荣成县文人林培玠所作，作者年近七旬才谋得阳谷县掌管教育的一个小官职，离职后把平时搜罗的“街谈纪闻”整理修订，取名《废铎呓》。这个书名从字面理解，即是一个官场不得志者的梦呓。这当然是作者的自嘲。他对自我命运显然是不满意的。书中记载了胶东地区的狐魅鬼怪、奇闻逸事，被称为胶东版的《聊斋志异》。

倘若把海上航程视作一个目标，一次行动，那么沉船作为一个强行介入的意外，使这个目标和行动戛然而止。通过剖析这个意外事件来发掘其中隐含的某种必然，呈现它，并且放大它，让更多的人从中获取教训，这是我们早已习惯了的思维。可是在我看来，沉船更多地是来自某种不确定性，这取决于大海的不确定性。记得一个老船长说过，下海是要听天由命的。大海比农田具有更多的不确定性，农田四季分明，春种夏耕秋收冬藏，遵循季节规律劳动就可以了。而海洋风浪无情，更需要应对的智慧，所以有“能上山不下海”一说。

引发我的类似思考的，还有一个关于沙漠古船的故事。纳米布沙漠是世界上最古老最干燥的沙漠之一，位于纳米比亚和安哥拉境内。1909 年，在这片沙漠里发现了一条大船的残骸。经鉴定，这是一艘货轮，应该是触礁沉没后，被风浪冲到海边，然后又被龙卷风抛上天空刮到了沙漠里。一艘船，一艘沙漠里的船，这是我们所见到的事实。更多的事实，却需要依靠想象来完成。这世上很多不曾亲历的现实，其实都是借助我们的所谓经验和想象来完成的；而经验和想象，有时候是靠不住的。

我想说的是，那些被我们附加于沉船之上的各种所谓道理，时常遮蔽了更为真实的风和浪。面对一艘沉船，风和浪是真实的，那些垂死挣扎和巨大恐惧是真实的。唯有把自己切换到沉船的身份，才会体味到这样的一份真实。

一　瞬

大海屏住了呼吸。

像是一份由来已久的等待，它从某个念头开始，从今天的某个时刻开始，从我所不知道的某个地方开始。

它已经开始。我不知道我所要等待的是什么，它已在路上，携带了整个大海的呼吸，一点点地迫近。

一盏灯，落满了雪。不忍在雪地留下脚印，我只是远远地看着这里，就像打量别人的生活，每一个细节都是熟悉的，每一片雪都恰到好处。当夜晚降临，当这盏灯亮起来的时候，雪将融化。

雪并不期待融化。我注视着眼前的灯与雪，它们提示我：你心中其实还是有梦的。这些素洁的雪，让我想到火焰，想到燃烧的青春。那年我们曾经相约，等梨花开了，一起去山野。这么多年了，我离山野越来越远。在海边，梨花似雪，挂满防护林的枝头，我徘徊，驻足，在时光静止的瞬间，蓦然记起曾经的约定。不是什么承诺，曾经说过的话，就像一场雪覆盖了眼前的万物，终将走向融化的那一刻。

每一片雪，都是熟悉的。在这个湿漉漉的清晨，大海屏住了呼吸。

塔吊的长臂下，悬挂着一颗太阳。需要一个什么样的角度和一双怎样的眼睛，才可以发现塔吊将太阳从海中打捞而起？晨曦中的城市尚未醒来，一切都在悄然发生。塔吊的臂膀比长夜还要漫长。万物静默。塔吊是晨曦中唯一的语言，它以冰冷的方式，试图说出一些温暖的话，然而这是徒劳的。万物中最为清晰的这座塔吊，让远方朦胧的城市成为一个凸显的主题。脚手架。钢筋和混凝土。正在拔高的建筑物。晨曦中那些模糊的楼群，将在阳光中渐渐清晰起来。近处的塔吊与远方的栈桥，我看到了某种相似之处，它们像一截路，指向某个所在，却无法完成最终的抵达。这世间，有太多的路并不以抵达为存在的理由。栈桥是安静的，像一条长长的路，向着大海深处延伸。栈桥看到大海深处的风暴，一如塔吊在高处体验的寒意，它们依靠自身的语言系统，无法完成最真实的言说。而我所看到的是，太阳被从海里打捞出来——这是太阳的出场方式，是新一天的开始。

海被太阳染成了橘红色。天空依然宁静，是大地上喧嚣升腾前的最后宁静。一颗湿漉漉的太阳从海面升起，万物都在侧耳倾听，它将以怎样的语言唤醒这座沉睡的城市？一个彻夜未眠的人，用眼睛看到了原本该由耳朵倾听的那些事物。

在我与塔吊之间，是一段并不遥远的距离；而从塔吊到太阳之间，隔着遥不可及的距离。在这个朦胧的清晨，我所看到的仅仅是一个美丽错觉，就像一个关于现代性的寓言。我还看到，鱼在海底窃窃私语。那些真实发生的，那些语言无法表达的，寓言是最有力量的呈现方式。

在黎明真正降临之前，我对这个错觉将保持心甘情愿的沉默。此刻的沉默是一种美德。

一片巨大的水。我所听到的，是水的细微的呼吸声。当一片巨大的水的呼吸，以沉默的方式来表达的时候，我感到了一种莫名的不安。我说不清这种感觉，就像说不清这片水。

此刻之后，是更为真实的日常。他们在脚手架上劳作。远远地打量这份被格式化的人生，我感受到了一种生命的激情。在波涛之上，在脚手架之上，你在走自己的人生路，就像你和工友们正在建设的栈桥，并不企望抵达彼岸。悬挂的身影，以蓝天和大海为背景，还有模糊的城市，苍茫的远山。没有人更多地留意这样一种悬在半空的生活，不管仰望和俯视，这世间都容不得你的浪漫。每一步都来不得丝毫飘忽，每一步都像一个积攒全部力量的烙印，握紧距离自己最近的钢丝，就是抓住了生命的稻草。在你并不懂得所谓理性所谓逻辑的思维里，有着最为严谨的处事态度。所谓飞翔，所谓扎根，对你来说都是一个陌生的不曾谈起的话题。暮色中的海，波光粼粼；日子就像一些碎片，是堆积的，漂浮的，也是涌动的。此刻，你用全部的力气走在脚手架上。

日子被分割成了若干份。你不在意天空的色彩,也不会去倾听海浪的呼吸,你活在自己的世界里,除了用不完的力气,你的世界一无所有。在脚手架上,你看到了什么?关于天空,关于大海,关于这个城市,关于生活和生命,这是我所在意的。此刻,以及此前与此后的时光,也许你唯一关心的,就是脚下所踩踏的,以及手中所抓住的,这是苍茫世界所能给你的安全感。在你的这份安全感面前,我的取景框,还有我的抒情,显得多么矫情和多余。

脚手架把天空和大海分割成了若干份,每一份都是一个不可替代的取景框,站在岸边,我看到了那些存在物。它们不是风景,它们是存在的事物,是我以前不曾真正理解的事物。

生活并不给你太多的选择。太多的选择与可能,其实都来自幻觉。此刻就是生命中的全部时光,此刻就是生活里的全部价值,明天和更为遥远的日子,此刻不必去想。看得见远处的城市,看不到更远处的老家。老家一直藏在心里,藏在别人看不到自己也看不到的一个地方,即使悬在半空中,也要过最踏实的生活,走最心安的路,这是你所给予我的启悟。我在书桌上堆垒的人生,在别人眼中是否也像一个孤绝的脚手架,我的每一举动,所有集聚心力的付出,惊险且徒劳。这些年,我一个人在以文字的方式盖一栋高楼,我想等我年老时,可以在这栋用毕生精力盖起的楼房里,安放自己的一颗心。这颗心躁动了一辈子,当它终于疲累的时候，可以有这样的一个地方，让它安宁，让它有尊严地存在。这个规模宏大的建筑物在我心里越来越清晰，终有一天，他们是会看到的。

多少年风风雨雨，我并不知道关于你的任何消息。然而我知道，你在迎接怎样的命运，以及那些未知的日子将以什么样的姿态走向你。你的汗水洒落海里。汗水是咸的，海水也是咸的，汗水和海水不需要任何过程就融合到了一起。一滴汗水滴落海里，该是我所能想象到的最让人心酸和感动的细节。在脚手架上，你低头挪步的姿态，是我敬畏一生的高度。

当脚手架被撤离的时候，一座栈桥浮现在海面。我从此看到的是游人，再也没有看到脚手架上的那个熟悉又陌生的身影。

若干年前的一瞥，已成为青涩且珍贵的记忆。一片建筑物，簇拥着一颗红太阳，远方青涩的处女地似乎在等待此刻的浸染。太阳所隐喻的，以及我们内心所向往的，弥漫在这幅黑白分明的图景之中。关于城乡变迁，我已写下了很多文字，这样一个等待开发的场景始终留在我的心里，即使这里早已发生沧海桑田的变化，它们依然不曾改变。这是最珍贵的记忆。当我们谈论这个地方的未来，我会说我记得它在昨天的模样。

海　事

那个老船长向我们讲述了十多年前捕捉巨龟时的情景。那天他在竹山岛附近海域拖了一夜的网，收网时一只海龟突然从鱼虾堆里爬出来，把船上的人吓蒙了。这只海龟展开四肢有两米宽，背上有七条突出的棱角线，全身呈青黛色，有白花。海龟的头部受伤了，连它的壳也有伤，血慢慢地淌。在胶东沿海，渔民对海龟是有敬畏之心的，他们亲切地称其为“老爷子”“老帅”。船下锚时，渔民先要高喊一声：“给——锚——了！”喊过之后，稍停片刻再将锚掀进海里，据说就是怕伤着海龟，叫它避一避。若是撒网误捕到海龟，渔民通常会在船上磕头，念叨一些吉利话，请求宽恕，然后虔诚地把它放回海里。老船长看着眼前的这只巨龟，首先想到的是把它放回海里，但是看它遍体鳞伤，觉得当务之急应该先把巨龟治好。村人都不知该如何施救，他想到了蓬莱海洋极地世界，听说那里有相关的专家。他打电话过去，他们派了两个专家来到渔港码头，经诊断，巨龟确实是病了。村人一齐动手，把巨龟搬到车上，运往蓬莱海洋极地世界治疗，老船长怕在搬运的途中再伤了巨龟，特意到村里的商店买来两套被褥，把巨龟包裹起来。后来，有消息传来，巨龟死了。再以后的事，他就不知道了。

老船长的儿子，当年还是一个正读四年级的小学生，他听说爸爸捕了一只海龟，就想带回家收养，等他急匆匆赶到海边，一下子惊呆了，那只海龟重达千斤，让人既好奇，又恐惧。蓬莱海洋极地世界的车来接巨龟的时候，他跟着去了。如今，当年那个亲见巨龟现场的孩子，已成为一个大学生，他说后来他在蓬莱海洋极地世界见过那只死后的巨龟，它被做成了标本，摆放在一个单独的房间里，有游客向里面投币。他一边回忆当时的情景，一边从网上搜索到了当年媒体报道的消息给我看。看到网上的巨龟，我才恍然想起，若干年前我曾在报纸上看过这则新闻，并且当时收藏了起来，想要留作长篇写作的素材。在我的内心深处，一直以为这类事物是天象，是一种说不清的表达。不承想，若干年后，我会在渔村见到当年的亲历者。

在蓬莱海洋极地世界，医生对巨龟做了胃镜手术，当时就取出了一块塑料袋。工作人员对其进行了“特级护理”，每天提供上好的食物，但它总也不进食。一周后，巨龟因饥饿死亡。专家对巨龟进行了病理解剖，在肠内发现大量的尼龙绳、塑料食品袋等异物，其中几段尼龙绳长达十多厘米，这些异物随着巨龟肠道的蠕动，逐步被堆积在胃、肠相邻的幽门处，无法被排出，致使巨龟肠梗阻。棱皮龟是活动于大洋深处的动物，正常情况不会到近海，由于肠梗阻造成身体胀气，不能潜入深水，于是随波逐流到了近海。它的死亡原因是海洋污染。

据老船长回忆，他捕到巨龟的时候，只有一个想法，就是给它治病，希望它能健康地重回大海。村人一起往车上抬巨龟，却始终抬不动，又放不下，而且很神秘的是，当时海上突然起了大雾。他看到，一颗清亮的泪珠从巨龟的眼睛里滑落出来。村人以为巨龟不愿动，就对着巨龟祷告，说要送它去治病。村里老人说，那只巨龟已经病了，当时放回海里，恐怕很难活下去。他们相信医学，以为医学可以治愈这只巨龟。后来听说巨龟死了，他的心里很难受。

去年，老船长在海上又网了一只龟，当时就放回海里，他觉得无论结局如何，一只龟是该属于大海的。

在胶东渔村，海龟被称作"鼋大爷"，这个称谓，有着渔民的一种亲切态度。"鼋大爷亮宝"的故事，可以说家喻户晓，渔村的人在山上劳作的时候，经常可以看到海里出现光柱，他们据此预测天气要变了。很多老渔民曾经亲历过，船在海上航行，突然砰砰砰一阵声响，几道红光绿光闪电一样齐刷刷从海底打出来，这就是"鼋大爷"在船底下"亮宝"了。"鼋大爷"像是在故意逗你，只管把红光绿光亮出来，绝不会伤害你一丝一毫。老渔民特意向我强调，这是他亲眼见过的情景，不是神话传说。这个"宝"，究竟是怎么打出来的？据说那些红绿相间的光亮，是从龟壳上的珠宝发出来的。在渔民的描述里，因为惊奇，加剧了“亮宝”的速度感和节奏感。

当我第一次听到渔民说出“亮宝”这个词语时，就忍不住为他们的这个描述而感慨，这个词语一下子让整个过程生动和形象起来，有了动感。龟壳上的明珠，渔民眼里的宝物，红光、绿光从海里交错闪现。“鼋大爷”在水里该有多么调皮和任性，才会对着渔民“亮宝”。我从这个传说中，看到了以前的海洋环境，看到人与海的关系。

在另一位老船长的山顶小屋里，我看到了传说中的“鼋大爷”，它的背上有一个地方，是“宝”的所在处。这是一个海龟标本，一个老船长很多年前在海边买下一只病死的海龟，供奉起来。看着龟壳上曾经嵌宝的地方，我被震撼了。这得多么漫长的时间才可以在自己的身上结下“珍珠”？鼋大爷的亮宝，仅仅是别人眼中的“宝”；而在它，所谓的“宝”，已经成为身体的一部分。对于海龟来说，在漫长的时光中，那些附加的东西如何变成了自身的一部分，并且越来越具有了世俗价值？面对眼前这个巨大的海龟标本，我几乎看得出它在当年的表情。我只想到了生与死，想到了活着本身，不被附加任何意义的活着，其实就在距离自己最近的地方。

在渔民眼里，“鼋大爷亮宝”是个好兆头。当然那是在驾驶小船的年代。如今渔民用的是机帆船，即使遇到“鼋大爷亮宝”，在机帆船的轰隆声中，也是很难看到和听到的。对比机帆船上的灯火，鼋大爷身上的“宝”的光亮，是不够亮的。这是老船长的说法，我以为这是对灯火的一种理解和描述，就像如今在城市中很难看见星星一样。这个世界太喧哗太热闹了，很多的东西，其实是在安静中才可以看到的。

“现在条件好了。”这是老船长们都在说的话。他们是从苦难里走过来的，小时候的记忆里，刮风下雨的日子，经常就看到学校里有孩子哭着回家，他们知道，海上又出事了。那时没有电话，出海遇了风，家人不知道海上人的安危，就整日整夜站在渔港码头，对着大海哭，等候亲人平安归来。海对渔民来说没有浪漫，只有残酷的真实。他们知道，在海上是不能任性的，作为一个打鱼为生的人，对大海必须有足够的敬畏。一艘船，意味着漂泊，意味着变幻无常的命运。渔民的日常生活，都系在这样的一条船上，他们对大海的敬畏，是发自内心的。在海上，遇到了鲸鱼，是不能打扰的；拉大网时，一旦把鼋大爷拉了上来，渔民会祷告说您老人家别见怪，大人不记小人过，恭敬地将其送回海里。

在渔村，我听到一位老渔民讲述鲸鱼开会的故事，他说一群鲸鱼在开会，其中一条大鲸鱼在给它们训话。他所说的，正是传说中的“过龙兵”。所谓“过龙兵”，相传是海里的龙王为了捍卫自己的领海，调动龙兵虾将南征北战，发兵的路上浩浩荡荡，场面壮观，可谓翻江倒海。这当然是神话传说。现实生活中，鱼虾成群过海的壮观场面在以前却是常见的。渔民出海，若是遇到“过龙兵”的大鱼群，船老大就要赶紧组织水手一面烧香磕头，向海里抛米撒面，投放食物，乞求龙兵不要伤害自己的船只，一面调帆转舵，避开鱼群，折腾半天才会转危为安。“过龙兵”一般是在三月三，或者九月九，时间挺准的，前后误差不过三五天。每年春天，鱼队浩浩荡荡，从东往西，去到莱州的海庙一带产卵；到了九月九，又会看到同样的场景。初旺渔村的人，在山后种地，一抬头，常常就看见鱼队在海里浩浩荡荡，看不见头尾，露在水面上的鱼背就像是房子的屋脊。鱼队齐整，像是阅兵式，鱼、鳖、虾、蟹等海底生物，在海面排成整齐而威风的队伍，远远看去，只见雪白一片，鱼肚皮上下滚动，煞是好看。有的渔民说，那些鱼是去莱州海庙那一带海域“坐月子”的。也有渔民说那是鱼的阅兵式，它们要去西边的海庙那里“开会”。山有山规，海有海规。这么大的鱼群，遇到了小船，稍有不慎就会把小船碰翻。但是，从来没有听说过被鲸鱼碰翻了船的消息。鲸鱼遇到了渔船，有时会围着渔船转两圈，从没有听说过害人。在渔民心里，鲸鱼纪律严明，从不伤害他们。过龙兵的鱼队常常是沿着山边走。俗语说，海阔凭鱼跃，它们并不是这样的，它们对自我是有要求和限定的。鲸鱼的嘴唇是白圈，过龙兵时的海上一片白色，渔民说那是鱼队在听鱼领导的“训话”。渔民都这样说，至于最初是谁说的，谁也不知道。现在再也没有人见到过龙兵的场景。在渤海湾，鲸鱼主要是吃黄花鱼，如今这片海域的黄花鱼基本上被渔民捕尽了，鲸鱼已经无鱼可食。明代残本《渔书》卷三“海大鱼”条的按语曰：“余家海上，与大海通，故大鱼往往见面知之。”在过去，渔民与海里的大鱼，见了面，是互相认识的。如今，即使陌生的大鱼，也很少见了。与过龙兵相类似的，还有大雁南去的现象。小时候经常可见大雁排队向南飞，偶有掉队的大雁，引发了人类的诸多感慨。现在已经多少年没有见到大雁列队南飞了。我时常仰头看天，天空一无所有。

而这些关于海上的传说，我是在一个下午听老渔民讲述的。他讲完了这些故事，点起一支烟，深深地吸了一口。烟雾缭绕。我觉得他所讲述的，更加扑朔迷离了。而讲述者，此刻真实地坐在我的面前，他像一扇门，身后是一个巨大的未知的世界。

与友人在初旺渔村采访一个多月，并没有听到渔民讲到太多的海上传说，他们更关注的是现实生活，或者说，当下的现实已经让他们感到很大程度的满足。在我心里，对这样的采访和写作是不满意的。我积极地介入现实，更期待飞起来的状态，海边的传说故事无疑更容易契合我的这一想象。遗憾的是，这样的状况并没有出现。在写作渔村故事的过程中，我读到了友人的《海怪简史》，那是另一些现实——它们与我所亲见的现实互为映照，让我更真切地理解了大海和它的子民。比如说转心螺，螺壳里的盘旋形状，常常成为渔民的歧路。转心螺一般是在夜间的海滩附近出现，渔民出夜海回来的路上，若是遇到了转心螺，也就注定会迷失回家的路。他们奔走一夜，也无法走出迷宫一样的螺壳，等到天亮了起来，转心螺的作用才会失效，这时的渔民往往已经累死，脚上的鞋子完全磨穿了，回家的路却丝毫没有缩短。这个故事被传说了一代又一代。后来，渔民在夜晚的海边走路，只要迟迟不见光亮，走不到路的尽头，有经验的渔民立刻就会想到，这一定是走进螺壳里去了。倘若手里正好有一只从船上拿下来的橹，把柄朝下，往地上狠劲一戳，转心螺的螺壳就裂缝了，霎时间又见到了满天的星斗月光。再看手里的橹，柄早已断成三截掉在了地上，手里抓着的只剩下一个橹叶。这片橹叶不能丢，还会有转心螺的同伙来报复，有这片橹叶在手里做盾牌，就能安然走完剩下的路。

这个故事，让我理解了海边渔民总喜欢把一只橹扛在肩上的场景。“橹”与“路”是谐音，他们在海上的路，以及在陆地的路，其实都需要“亲手开辟”，或者说握在自己的手里。虽然这样的手，面对残酷的现实，面对无常的大海，常常是无力的。

这样的一种讲述方式，潜隐在我的采访和表达之外。我所写下的，不过是对这些传说的零碎体会而已。

更为巨大的存在，在我的认知之外。

2015年冬天，智利南部海湾沙滩上惊现三百三十七头鳁鲸尸体，这些鲸鱼平均重二十吨，科学家称这是有史以来出现的最大鲸鱼搁浅群。

三百三十七头鲸鱼集体“自杀”！

这背后，究竟有些什么样的秘密？

鲸鱼自杀现象由来已久。远在1783年，曾有十八条抹香鲸冲往欧洲易北河口，在那里待死。次年，在法国奥迪艾尼湾又有三十二条抹香鲸搁浅。1970 年美国佛罗里达州皮尔斯堡的沙滩，一百五十多条逆戟鲸不顾死活地冲上海岸。1979 年，加拿大欧斯峡海湾，一百三十多条鲸死去。1997 年，马尔维纳斯群岛海岸约三百头鲸鱼“集体自杀”。十八世纪，一些航海家在塔斯发现可怖的鲸鱼坟场，一堆堆的腐尸和白骨散布在海滩上，呈现一片凄惨景象。

一头鲸鱼，或者成群的鲸鱼，游到了海边，拼命地用尾巴拍打水面，发出绝望的嚎叫。人类试图救援搁浅于海滩的鲸鱼，但多数都不成功。退潮时，鲸鱼因为搁浅在沙滩，被自己的体重压迫而死。

关于鲸鱼自杀的原因，众说纷纭，其中有一条是生态环境的被改变。

《论语·述而》有言：“子钓而不纲，弋不射宿。”大意是说，孔子一生只钓鱼，不用网捕鱼；打猎时也不用带有绳子的箭去射鸟巢。古人懂得敬畏和节制，不管大自然如何的富有，人只收获可以收获的那一部分，对自己是有要求的。

初旺渔村附近海域的大对虾，无论产量还是质量，都曾远近闻名。二十世纪六十年代，村人在海边用篓子就可以捞到十多斤虾。小船出海，撒三网，即可满载而归。那时渔民通过抓阄，决定在海里捕捞的位置，不逾矩，不乱来，凡事皆有规则。如今，产卵期的虾，渔民也不肯放过。听老渔民讲，大虾产卵之前，通常是找一处避风的“两合水”的地方，用头上的“枪”深深地拱进泥土里。大虾产卵之后,自身的生命也就结束了,只有少数的虾被大风从泥土里颠了出来,会继续存活下去。

我出生和成长在远离大海的地方,童年记忆里,鱼虾属于奢侈食品。姥姥二十世纪八十年代去世前最想吃的,是大对虾。然而我们却没能满足她的这个愿望,那时太穷了,在农村很难买到大对虾。这成为我此后耿耿于怀的一件事。参加工作以后,在应酬场合,每次吃虾,我都会想起姥姥,想起她临终前也没有如愿吃上大对虾,我就觉得我现在的吃虾,有一种负疚感。在山清水秀、鱼虾盛产的年代,一个老人的简单心愿,至死也没有实现。三十年过去了。初旺渔村的大青虾,已经基本绝迹了。

报载,俄罗斯的海滩上曾经一夜之间有数以万计的沙丁鱼搁浅,当地民众喜出望外,拿上桶、盆去捡鱼,有的甚至开上了小卡车。鱼类专家称,造成大量沙丁鱼搁浅的原因是水温变化,鱼被冻僵了,随海浪被冲上海滩。

那则新闻报道的结尾是这样写的:“沙丁鱼对于当地人是一种宝藏,这次更成为了免费的午餐。专家称这些鱼可以放心食用。”

鱼在海里被冻死了。这个事实改变了我对鱼水关系的理解。

那个老船长的儿子,一个看上去很阳光的九〇后大学生,他拿出了几块鲨鱼骨给我们观赏,像是精致的工艺品。他用鲨鱼骨做成了手串,戴在身上辟邪。我想起老船长说过的话,他曾亲眼看到一颗清亮的泪珠从巨龟的眼睛里滑落出来。

与海同行

那时我每天晚上都会沿着海边走，心里装着的却是一些与海无关的事。风从海上来，就像一些远道而来的消息。它们既与我有关，也与所有的人有关，所以我未曾放在心上。走在海边，所谓前方不再重要，我的脚步是散漫的，愉悦和失落，安宁和躁动，清醒和迷惑，交织在一起。海一开始在我的左侧，返程时又到了我的右侧。我的脚步始终是以海为参照的，渐渐把自己走成了潮汐的状态，眼前浮现出另一个海。我走着，面对两个海：现实的海和内心的海。海与海相遇，“我”是亲历者，也是旁观者。海以日常的方式，让我释然，让我卸除了内心的那些负累。海只需要做自己，它不迁就任何的事与物；而我却总是活在别人的目光中，忙碌在他人的事务里。我想解脱出来，却担忧解脱之后再该何去何从。就像一滴水，只有融入大海才会感到安定。我承认我一直没有着落感，这些年一直是在茫茫人海的裹挟中往前走的。就像此刻，没有方向，也不关心所谓的路，只是沿着海边走。“海”让我恐惧，也让我感到了在别处所没有的坦然和安全。时常看到在海边拍婚纱照的新人，他们在沙滩写下“心”字，合手祈祷，抑或摆出各种姿势拍照。大海见证了这爱情。可是他们理解这海吗？沙滩上的建筑堪忧，写在沙滩上的海誓山盟却被解读成一种永恒。海浪很快就抹平了它们，他们以为这是大海的接纳和收藏，犹如摄像机定格的那一瞬间永远被时光收藏。他们以为看到了大海，其实大海远不是他们所看到的这些。大海之所以是大海，更在于它的不被认知和理解的那一面。你的所谓走近或融入，只是走近了大海的浪花，理解了大海的局部；你所看到和感受到的，也仅仅是大海的某个时刻。不管你曾在海边伫立多久，也不管在海上亲历了多少的风与浪，你与大海之间永远隔着一段无法逾越的距离。

后来即使走在异乡的路上，我也觉得自己是与海相伴的。有一种感觉，时而清晰，时而模糊，我无法形容和说出这个感觉。直到有一天，在作家阿瑟·库斯勒的笔下，我第一次见到“海洋感”这个词语。他认为人与现实的关系通常是在三个层面展开，一是感官，二是经由思考的大脑，还有一种依靠心灵——理解“海洋感”的能力。这是感性和理性都无法抵达的一个层面。长期以来占据内心的那种混沌感受，一下子被“海洋感”这个词语涵盖了。是的，是“海洋感”。这个词语的出现，照亮了一些幽微的东西，同时也概括了一些说不清的东西，一切躁动的无法言说和归类的感觉都平息下来。词语亦有容器的功能，总会在一些特殊时刻，盛放那些最复杂的感受，安抚那些无法言说的东西。当代人的内心，更愿储留的是经过层层过滤了的矿泉水，海里的水对他们来说只是用来观赏和比喻的。缺少“海洋感”意味着什么？“海洋感”是未经修饰也不可能修饰的一种心理状态：它包容，却拒绝被塑形；它浩大，并不拒绝每一滴水；它是巨大的沉默，有时也会发出凌厉的咆哮。它是一个人的另一种现实。它不同于那个既定的现实。它是经由一个人的心灵而构筑起的现实。它是由感知与被感知、想象与被想象、融入与被融入而构成的。更多的时候，我们在大海之外看待大海和理解大海，或者说，我们是以大海为参照来看待其他事物的。海作为一个巨大的存在，成为我们的一种视角。我们曾经看到了海，海就留在我们的心里，以至于成为一种观察、衡量和言说其他事物的参照。那个夜晚，我在海边一个人走，风从海上来，云是暗的，与海连为一色。海向前涌动，爆出一排排的浪花。我走在这样的海边，看暗色由远及近，一排又一排涌了过来，心中生出恐惧。此刻还在海上的人，他们会是怎样的？我想到了“感同身受”。记得最疲累的时候，我躺在床上，犹似枕在波涛之上，世间万物都是微微荡漾的，只觉得在某种情境中越陷越深，越陷越无力。我说不出这种情境具体是什么，后来我将它也归结为一种“海洋感”，让人无力也让人豪迈的，让人恐惧也让人振奋的，让人绝望也让人期望的“海洋感”。置身这浩渺的大海之中，思维被水映得模糊，最后残留的一点清醒即是：我是我，我不属于这海，我只是海上的一个过客，我要回家。这是一个海上人的最真实的心态。在岸边人的眼中，海是风景，海是隐喻，海是抒情的对象。在海上漂泊者的心里，海是真实的风与浪，是未知的所有可能性，是巨大无边的恐惧。唯有敬畏，才会赐予他们面对大海的信心与勇气。这不同于那些在大地上的劳作。我们一直站在大地上，并没有脱离地面，也就缺少对于大地的更为完整的认知。我崇尚的创造状态，是飞离脚下的土地之后，在落地之前的那个短暂的"悬空"状态，那是真正属于创造的一刻。在短暂的脱离了大地的一瞬，对大地的理解与依靠，会在瞬间被激活，无论是本能还是主观，都迅速地紧扣了大地，那是对大地的理解，是更接近本质的理解。

我们在日常中沉浸得太久了，缺少跳出来看一看的意识和能力。我们心安理得，甚至越来越享受这种日常。当这样的日常成为一种秩序，最期望打破这种秩序的，也是最有能力打破这种秩序的，恰是构建了这种秩序的"我们"。我们成为我们自己的对立面，成为一个矛盾体。

距离产生美，也让真正的理解成为可能。

你见过最真实的海吗？唯有那些曾经置身于大海深处、历尽艰辛从恐惧和绝望中解脱出来的人，当他走在海边，当他遥望大海，不管沉默还是言说，他都是值得信任的，是最有可能真正理解大海的人。

在我最初的书写中，海上是与日出相关联的，不需要什么

在海上漂泊者的心里，海是真实的风与浪，是未知的所有可能性，是巨大无边的恐惧。唯有敬畏，才会赐予他们面对大海的信心与勇气。

叙事技巧，“海上日出”成为生命中的磅礴存在，成为一种启示。那一刻的日出，是世间万物最为激动人心的一幕。阳光染红了半边大海，而海在此刻也大抵是平静的，是那种蕴含了巨大能量的平静。这份最初的体验，是我后来在职业生涯中极少体验到的。海上日出，这是关于生命的理解，它被浓缩到了具体的某一天，以及更为具体的某一刻，这是关于生命的最为真实的认知与书写。把漫长的历史，或者个人的一生，还原到这样一个时刻，需要怎样的认知？同理，一个人，把自己从大海中艰难地抽离出来，他对风浪、对绝望的体会更真切，更深刻，他凭着对自我的理解与认知，也会轻易从人群中把自己分离出来。我以为这是个体与社会与人群与周边环境的最好的相处方式。你理解了大海，就会更好地对待每一滴水；你明白了人群，也就懂得作为个体的自己。

走在人群中，我觉得自己是一滴水，汇入茫茫人海之中。我所想到的是，作为一滴汇入了海洋中的水，如何保持自己的个性，如何不要迷失自己，我对“海洋感”的认同，恰是因为身在其中，我仍然可以保持我的本来样子。独处的时候，“海洋感”也是存在的，这个身处斗室的人，他的内心是一片激荡的海。他有自己的狂风巨浪，在自己的夜晚，这是他的一个人的海。那些经典的著作，那些先哲，都曾在这样的夜晚停泊在这个人的海。还有那些芸芸众生，他们的流言蜚语，他们的挑剔，甚至他们的打击，都已汇入这个海，成为他的成长的一部分。

沿着海边走,我的脚步与大海的潮汐构成我心目中的一个坐标,我以这个坐标来看待和衡量世间万物。我以为我写下了大海,其实只是写下了那些在海边存在和消失的事物。我认识大海,更重要的是认识了我自己。

石　帆

那个石帆与石船曾是这个城市的一道风景。后来，石船被风浪沉入海底，只剩下了石帆。这艘船该有多么执着，哪怕是石头做成的，也要回到大海，回到它本来该在的地方。而帆，依然留在岸边。

一个垂钓者，端坐在石帆的旁边。垂钓者的背影比石帆还要坚硬和坚定，他坐在那里，成为大海的一部分。他站起身，从石帆的旁边走开，像是某种事物，被从整体中分割走了。石帆，成为一个残缺的存在。

我曾亲见过浩浩荡荡的填海场面。石船沉到海里，没有人以为这是另一种填海。附近用来打缆的那个石墩，如今已经成为钓者的座位。他坐在那里垂钓，有时他是站着的，把石墩让给陌生的来访者坐下。独自一人的时候，钓者坐在那里，任凭风吹浪打，只觉气定神闲。“自言东海蓬莱乡人，常棹舟鄂渚，每将鱼市酒，人逐之不可近。”(《登州府志》卷十五《钓者》)我想象一个钓者，在海边。没有人在意他。村人以为他是悠闲的。他在这个垂钓的行为中倾注了一个人的信仰。他不过度索取，只获取自己可以获取的那一部分。也许海市蜃楼之于他是日常的事，他没有探究这种虚幻的兴致，虽然他每日沉浸在村人所以为的更大虚幻里。还有精卫填海的故事，那些碎小的树枝在海里浮浮沉沉已经多少年了，他知道这个流传了一代代的神话其实是一个谎言。现实琐屑且沉重。海市蜃楼更多的是为到此一游的游客而准备的。我曾在办公室的窗口看到了海市蜃楼，那巨大的虚幻让我在距离大海很远的地方感到茫然无措，也让我更加滋生了对于脚下土地的反思。身边的很多人飞离地面已经很久了，他们像那些游人一样向往虚幻的美景并且从中勾勒未来。那个九十多岁的老船长在自家院墙上垂钓的情景现在想来该是多么美的一幅图画。一支钓竿，联接的是人与天地之间的沟通，这种情怀在看似越来越丰富的现实中越来越稀少了。被神话传说浸润的渔村，我从中并没有看到所谓的浪漫气质，就像我所熟悉的那些另外的现实，浪漫底色早已被赋予了太多的悲剧意味。“船小网破水进舱，下铺海水上盖浪，一年四季漂大海，多少渔民葬海洋”。他们并不逃避自己的生活。他们一次次走向大海，走向自己的命运。这个垂钓的人，他的心里装着太多的事。但是他不说，始终是沉默的。有一次我看到他一个人对着大海滔滔不绝，他说了一些什么，我听清楚了，却并不懂得。偶尔有鱼跃出海面，像是跟他打招呼。他说，关于渔村，关于大海，是说不尽的。他只留了一个背影给渔村和我们。渔村的节奏是缓慢的，我总觉得这个缓慢之中缺少一种淡定的气质，他们总是处在隐隐的不安之中，对于明天的确定性和不确定性，都心怀不安。这样的一种精神气质与我所想象和期待的渔村是不同的，我看到了这种不同，它校正了我的关于渔村的想象，太多的知识分子在想象村庄，他们不过是写下了他们路过村庄时匆匆看到的事物，而在村庄的内部，远远不止这些。船，以及船厂；今天，以及昨天和明天；你和我，还有他们；燃油补贴，你说我说大家都在说；渤海湾以前很富有的，什么鱼都有，现在不同了，鲅鱼也少见了……他至今还珍藏着一只网梭。他可以用这只网梭织出一张又一张的渔网，然后撒向大海。他没有这样做，他坚持垂钓，仅取所需。一个人，面对一个海。钓竿是大海伸出的手，他握住了大海的手。渔具越来越花样翻新，捕鱼的手段越来越花样翻新，船上安装了捕鱼器，可以精准地探测鱼群的位置。他亲眼看到了他们的鱼获。他的双手始终握紧那支钓竿，这是他的一个人的传统。他每天在海边垂钓，等到太阳升起，他就起身开始回家。他站起身，把钓的鱼从岩石边上提了出来，往水桶里倒的过程中，总有几条鱼会蹦到沙滩上。他弯腰捡起它们，随手就丢回了大海。他觉得，那鱼不想跟他走，他不强求。他尊重每一条鱼的选择。他没有说愿者上钩。他把不情愿的鱼，放回大海。这是他与自己内心的一个契约，并不诉之于表达。

　　这个垂钓的人，当他把跳出水桶的鱼儿重新抛回大海的时候，他是真正理解了大海也理解了世间万物更理解了自己的人。

我们下午三点钟准时到了村里的渔市，那里果然有十多个老人在晒墙根。简单说明来意，老人往一起靠了靠，腾出一个地方，让我和朋友坐下。我们坐下了，一时不知该说什么，不知该从哪里说起。一个老人，站起来走到斜对面，弓着腰，很认真地给我们拍照，他说看到两个年轻人跟这么多老人坐在一起，真开心啊。一个老人大声喊道，老丛你给客人讲几句。他显得有点羞涩，推辞了一番，然后就坐过来，侧脸很认真地对我们讲了起来。

他的开场白很长，主要是一些感激时代感激社会的客套话。他说得认真、诚恳，我只好把话题引向了别处。他说几句，很自然地又重复起了对时代的感慨，他说现在这日子过的，开心。我起初以为他是在说客套话，等到去参观了他的庄园之后，我才明白他的开心是发自内心的。

眼前的这片渔市，过去曾经是一片沙滩，他说他家里有当时的照片。这一下子引起了我的兴趣。我问那些照片还能找到吗？他爽快地说这就回家去找，让我们在这里等候。这时有人提议说，你们跟着他一起去参观一下他的庄园吧，就是山上的那一片。我顺着一个老人的手指向北看去，有些不敢相信。他说，也好，你们跟我去看看吧。

我们走了大约有一刻钟的工夫，才走到他的家门口。不像是农宅，屋后是一片庄园。进了门，才知道这确实就是一个农宅，建在半山腰，后面的山上种满了树，而且修了路，高低凸凹，错落有致。他从床头柜里找出一个袋子，把一沓照片倒在床上，扒拉了半天，才把当年的码头照片找了出来，是 1993 年拍的。海是清新的，与现在截然不同。我把那张照片翻拍了，打算用作新书的插图。

开始参观他的庄园。走在山径中，他一边走一边介绍，他说他大半辈子出海打鱼，退休以后开始一个人建这个庄园，断断续续建了二十年，才有今天这个样子。当初做出这个选择，他是从电视新闻中受到了鼓舞。再加上他的房子后面，是一个垃圾场，堆满了村人丢弃的贝壳和生活垃圾，臭气冲天。他从船上退下来后，动了改造垃圾场、在山上搞绿化的心思，这个想法得到了村里的支持。他开始动手干起来，先是雇车往外清运垃圾，前后干了一年半的时间。他把邻居的房子买下来，用于养蝎子，投资近万元买来蝎子苗，结果全被蚂蚁吃掉了。我问养蝎子是哪一年的事，他说不识字，具体记不清是哪一年了，大约是二十世纪八十年代末吧，只记得也是电视上宣传鼓励老百姓搞养殖，走科技致富的路。

我记得在那个年代，父亲曾经热衷于收集从外地寄过来的科技致富手册，他不甘心种地，又不愿意外出打工，就想在村里做点可以赚钱的营生。在老家，父亲是村人公认的有文化的人，他从报纸上获取了很多致富信息，后来我才明白，那些提供致富信息的机构大多是骗钱的。父亲却信任了这些信息，以为可以从中找到一条通往富裕的路，他不停地给那些机构寄信，然后他们就寄来了一些花花绿绿的印刷品，上面是关于农村如何致富的门路。那时的主要通讯方式就是写信，农村的信件并不多，谁家来了信件，村里都会在喇叭上广播一下，左邻右舍听到了，就会过来提醒说你家来信了。父亲是不肯去取信的，母亲去村委把信拿了回来，父亲就很认真地拆开，反复地看，白天看，夜里看，不时地拿在手里看，然后他与母亲商量可以如何地依靠科技致富，母亲自然是不屑的，她对那些印刷品上提供的信息是不信任的，她对父亲想做的事情也是不信任的，她总是挖苦和打击父亲，父亲每每坚持几天，也就不吭声了。也许，这样的所谓科技致富，对他来说太渺茫了，而且毕竟需要一笔数目不小的投资，不如种地踏实。再后来，父亲觉得自己没能走出一条致富的道路，都是因为母亲的阻拦，两人经常为此吵架。关于这事，在我心里留下了极深的印象。后来，我参加了工作，家境得以改善，父母年龄大了，再也没有谈论当年想要科技致富的事，他们接受了属于自己的命运。当我在渔村听到老渔民谈到他在那个年代走过的路，竟然有一种遥远的熟悉感，我想到我的父亲，想到父亲在那个年代的努力和不甘，矛盾和抗争，我一下子理解了眼前这个陌生的老渔民。

老渔民说那时他就懂得两条腿走路了，一边养蝎子，一边种树搞绿化。蝎苗被蚂蚁吃掉了，还有树；有些树死掉了，他就继续补种。他自己一个人，天天在山上挖坑、种树、浇水。他也说不清为什么要花这么大的力气种树，他的理由很简单，电视上提倡种树绿化荒山，他身后的这座山，恰恰是荒山，需要绿化。他这样执迷于种树，村人不理解，笑话他是神经病，投资干这图啥？家人也不理解，儿子从来没有帮他种过一棵树，老婆气得跑到女儿家里住，打算跟他离婚。全家人没有一个人同意他再在这座山上花钱折腾，他说总不能天天打架吧，于是一个人搬到山上住，老婆心疼他，住了几天又让他搬回来了。他一个人干活，一个人实在干不动的，再花钱雇别人帮忙。他的理由很简单，与其守着垃圾过日子，还不如自己动手清理垃圾。庄园一天比一天漂亮，村人开始羡慕他了，老婆也变得高兴起来。村人说，他的所有建设，包括山上种的树，都是在开发区扩区以前做的，也就是说，航拍图上都有。我理解他们想要表达的意思，就是他的庄园是有审批手续的，将来有一天如果村庄拆迁，他会获得巨额拆迁补偿。他说人不能贪心，将来拆迁的时候政府给个合理的补偿价格就可以了，不会有额外要求。

他每天早晚都会到山上散步锻炼，看着自己亲手种下的一草一木，心里乐开了花。

山径旁边，有小景观，可谓一步一景，颇是花费了一些心思。他把结满牡蛎的礁石，从海边搬到山上，做成一个景观，放置在绿树葱茏的山径旁边。在海边，结满牡蛎壳的石头随处可见，这对渔民来说早就习以为常。他把这样的司空见惯的石头搬到山上，稍加整理，就是一处别致的景观。这个不识字的老渔民是有情怀的，这与知识无关，与表达也无关。他借助景观所表达的，让人无言。山上随处可见标语，都是他自编自写的，诸如"人要做好事，一生平安""说真话，办实事"，等等。他没念过书，不识字，也不会写字，他把想写的话提前编好，然后去渔业协会请人帮忙写下来，他拿回家照葫芦画瓢，却也不错。他的庄园里的所有标语，都是这样描摹出来的。陪他在村里走，随处都可见到村人异样的眼神，他说村人都以为他是个神经病。他说其实不是的。我也说不是的，同行的朋友也说不是的。我们在大街上边走边说，像在谈论别人的事情。他坚持了一些最朴素的东西，那是一些不再被普遍地相信，甚至被普遍抛弃了的东西。

他带我们去看一只巨龟，那是八九年前，渔民出海打鱼，一只巨龟不知什么原因困在网里。在渔村，渔民捕捞了海龟，他们会虔敬地祷告，然后将其放回海里。那只海龟被捞上岸的时候已经死了，渔民打算就地安葬，他花了点钱，把海龟买回来，供养在一间屋子里。站在这只真实的海龟面前，我的心里有些紧张，我看到龟壳上有一个盛"宝"的地方，想起昨天刚听说的"鼋大爷亮宝"的传说。

我们在庄园里走走停停。他很认真地把我们安排在某个位置，说这里是看渔港码头的最佳位置，然后他弯腰，很认真地喊着口令，给我们拍照。

庄园彩旗飘飘。他说插上那么多的彩旗就是为了让庄园更美，他还安装了六十多盏彩灯，晚上亮起灯来更好看。他说今晚就把灯全都亮起来，在招待所也能看见。他说以前这个山不值得看，现在变得真好看，有外地游客问他是否收费，他说不收费，山上的水果随便吃，免费。外地客人游了庄园，感慨这里真是好地方，他就觉得为渔村争了光，脸上无限光彩。

我想记下他的联系方式，他从腰间拿出手机，把手机的背面递给我看，上面刻有他的名字，以及手机号码。他戴一副咖啡色眼镜，脖上系了一条项链，身穿方格子衬衫，腰上并排挂着手机和照相机。很难想象，这是一个八十岁老人的装束。旁边的老渔民说，今天他还没背着音箱呢，平时是一边走一边放音乐的。他说等下次再来，他在山上放开嗓子给我们唱几首革命老歌。我说想听他唱渔家号子，他说没有渔家号子，只有革命老歌。我告诉他打算写一篇关于庄园的文章，他说他不识字，如果将来有机会上电视，会更开心。

从庄园出来，他说他还要回到那帮老人那里，我们一边走一边聊，走到了渔市，才发现晒墙根的老人们都已散去。他有些失望，转身打算回家，我提议一起去码头走一走，他爽快地答应了。我们一边走一边聊天，路人见了，无不侧目。有个人大声问道，他们是你亲戚吗？他大声地说是啊是亲戚，北京的。走到岔路口，他问我们想从哪条路去码头，我说听他的，他就迈开步子一边往前走，一边说就走这条路吧。

到了码头，他用手比画着当年码头的规模和范围，他说1949年前建港的时候，他的大儿子刚出生，所以起名字叫“大港”。他的小儿子名叫“大qian”，我问是前进的“前”还是金钱的“钱”，他说他不识字不知道是哪个字。他说脚下的地方当年都是沙滩，现在码头至少往海里建了一百多米。他走到一片停泊的船前，由衷地感慨，多漂亮的船啊。

站在港口，面对大海，我问他当年出海最难的事是什么。他说过去是小船，越是危险的时候，越是要站出来，否则就被风刮跑了，人最重要的是要有精气神。我又问他在海上迷路之后怎么办，他说在海上关键是看北斗星，知道了北，就知道了南，也就知道了东和西。他的回答有些轻描淡写，过去的磨难和苦难已经在他的记忆里得到了过滤，他只留住了那些美好的回忆。我甚至想，这究竟是一种对待生活和生命的豁达，还是一份未曾自觉的蒙昧？我很快就否定了自己的这个疑惑。一个在海上漂泊了半个世纪的人，他对生命一定有更深的体悟。

我告诉他，刚才在他的庄园里看码头，我为渔村和码头而感慨；此刻站在码头回望他的庄园，我为庄园的主人而感慨。我不知道他是否听懂了我想表达的意思，他说怎么都好，希望渔村越来越好，渔村越来越好他就越来越开心。

他带我们走向渔业协会。路经一块洼地，他很轻松地跳了下去，一点也没当回事，完全不像一个八十岁的老人。我们不由得感慨他的身手敏捷，他说他今年还上山救过火，村里发了五十块钱的奖励。村里的喇叭天天广播注意护林防火，有户人家上坟不小心起了火，八十岁的他是冲在救火最前面的人。他说，见火必救，这都是该做的。

走进渔业协会，狗叫的声音顿时密集起来，此起彼伏。他说这里的领导可尊重他了。穿过破旧的楼道，我问他经常到这里来吗？他说这里是大队，是领导的地方，老百姓哪能经常过来？他以前编好了标语，就到这里找领导帮他写下来，他再回去依样描摹。他把我们带到了一个干部模样的人的面前，把今天下午参观庄园的情况详细说了一番。看得出，他是这里的常客，他没有因为是常客就变得随意，对这里保持了一种发自内心的尊重。那个干部模样的人对我们说，这个老头有故事，不简单。他的身后，悬挂着一排规章制度。这仅仅是一些看得见的、上了墙的制度，还有更多的制度和规矩在渔民的心里，比如海上禁忌，比如渔事信仰。渔民性格是豪放的，待人接物不拘小节，但是面对大海的时候，他们从来都是郑重的，心怀敬畏的，一些规约和习俗，从来不曾轻慢，更不曾放弃。最粗放的人，在最细致地遵循“规矩”，这是渔民给我的最深启示。

再次见到他，是一年以后的事了。那位陪我在渔村采访了一个多月的朋友，致力于海洋文化的写作与研究，北京电视台要给他做一个专题，选择拍摄背景时，他想到了渔村。我们重新回到渔村的时候，已经是下午三点多钟了。我记得，这恰巧是那帮子老人在渔市西边晒墙根的时刻。电视台记者在拍摄扇贝育苗的过程，我匆匆地向着晒墙根的地方走去。果然，老远就见到了他，戴着一顶白帽子，在人群中掐着腰，一副远眺的样子，他总是这样，精气神很足。

打个招呼，他没有认出我。反复地提醒了几个细节，他似乎才记起一点什么。得知是电视台要来采访，他很高兴，带着我们向他的庄园走去。

他雄赳赳地走在渔村的大街上，村人投来异样的眼神。这样的眼神我是熟悉的，在去年夏天就曾见过。他并不理会，在大街上滔滔不绝地与我们说话。他的所有的话，都会归结为“开心”两个字，在他那里，生活的所有目的就是为了开心，他所做的每一件事，遭的所有罪，都是为了开心。看起来，这是一个简单的人。村人见了他，几乎全是异样的眼神。我倒是觉得，他对于生活的态度，是让人感慨的。他始终是乐观的。他所遭受的苦，只是轻描淡写地说一说，他的高兴，他的乐观，可以看出是发自内心的。

路中央有一个坑，他弯腰从路边捡起一块木板，遮住了那个坑。他说前些日子他又去救火了，村里又奖励了他五十块钱。

在山顶上，他面向大海，面对电视台记者的镜头，用麦克风唱了起来：“冒着敌人的炮火，前进前进前进……”他唱得并不好听，但他唱得投入，唱歌时的表情让人感动。他收起麦克风，说如果在大街上唱，会不太好意思，在自己的山上唱，挺放松的。我们围着他的庄园转了一圈。告别的时候，他说要带我们去见渔业协会的干部。记得去年在渔村驻点采访时，我们曾跟随他去过那个渔业协会，见过那个干部模样的人，于是婉拒了。我们前脚刚走，他后脚就往渔业协会的方向兴冲冲地走去了。我理解他，他对于北京电视台今天的采访，很开心。

一个不识字的渔民，在海边的山上开拓了一片属于自己的小天地。他没有什么超前眼光，也没有所谓战略规划，他只是遵循了最简单的逻辑，顺应了时代的节拍——当很多人对这个节拍持有怀疑态度的时候，他却是那么坚定地相信。他在海边的山上，完成了对海的阐释；他以难得糊涂的心态，完成了智者难以企及的生存状态。他始终以乐观的情绪，面对生活。也许，这是他给予我的最深启示。

他的庄园所在的地方，叫老龙山。著名的“龙洞嘴”就在那座山的不远处。庄园的东侧，建起一片养海参的水泥建筑，色调与庄园构成了鲜明对比。走进渔村，远远地就可以看到村子后面的山上彩旗飘飘，那是一个老渔民的庄园，他在海上漂泊了半个多世纪，晚年靠一双手开辟了这座“花果山”。

一个石帆和一个老人，是这个海边最动人的印记。那个钓者，那个并不存在的人，他在我的想象中是存在的。在我的想象中他比那些现实中的人更加真实，我注视着他垂钓的背影，就像遥望明天并不确定的前路。他的面目模糊，像是我遇到的每一个人，又像是我多年来苦苦寻找而不遇的那个人。我并不知道他在哪里，也不知道他的长相，我一直在寻找他，在茫茫人海中，在看不到尽头的路上，我坚信终有一天我们将会邂逅。他所垂钓的，是不确定的事物。谈不上坚定，也谈不上所谓执着，他知道自己在做什么。海里有很多鱼，与他有关的或许只有几条，或许一条也没有。那不重要。这份不确定，恰是他所以为的生命意义之所在。

他所做的，是面对钓竿。他把背影留给他们。

我更信赖这样的一个背影。无论是走进人群，还是从人群中走出来，这个背影都是最值得信赖的。他什么也没有说。他什么都说了。

那个钓者从没奢望拥有整个大海。他只专注于眼前的钓竿，对这份不确定的追求有自己的坚守和相信，不在意别人的看法。随着年岁的增长，经历了一些事，我越来越理解了那个垂钓者的背影。他什么也没说，但他却告诉了我这世间真正重要的东西。无论什么样的天气，不管他人如何围观和言说，永远专注于自己该做的事，成为你自己。我敬重这样的人，心向往之。每个人的内心其实都保留了这样的一个背影，无论他是多么忙碌和热闹，在夜深人静的时候，当他远离人群，他会从钓者的背影中看到自己的脸。这不仅仅是关于钓者的想象，也是关于自我境遇的一份自省和自觉。

一个垂钓者的背影，就是他对于身后世界的一种态度。他所垂钓的，是来自大海的消息。

想起历史上的那些先哲，我从他们的背影中理解了他们所处的社会，以及他们身后的这个世界。他们把整个世界置于身后，用一个背影说出了语言所无法传递的东西。

再次想到石船和石帆。这个世界沉静下来。

下篇

另一种桥

我一次次走近又离开那座栈桥。当我试图表达我的感受时，总是欲言又止。终于有一天，我停步，回首，从一个不远也不近的距离打量栈桥，恍然发现它在面对大海遥望彼岸的时候，其实也是一种欲言又止的表情。这个发现让我备受安慰，让我从此知道一个人与一座桥之间，其实是有诸多相仿之处的。人生的某些际遇，倘若大海给不出答案，或许从栈桥那里可以得到解释。

栈桥是一个态度。我从它的欲言又止的表情里，看到了一种坚定。置身波涛之中，它并不期望抵达彼岸，也无意于征服什么，它只是固守属于自己的一份命运，这是最诚实的生命态度。

一个欲言又止的表情，让我的书写和表达变得尴尬。

在物欲横流的现实之中，如果栈桥也有欲望的话，那么它的欲望则是对于风浪的欲望，它向大海深处的延伸，只为了更真实地看到和体验风浪内部的秘密。在海之上，并不企望征服大海，它停止在一个应当停止的位置，保持了一种理性又节制的姿态，拒绝彼岸的诱惑，拒绝所谓的征服。它知道，大海是永远不可以用来征服的。海纳百川，当“百川”都成为被人类欲望玷污的伤口，大海别无选择的容纳显得更加悲壮。栈桥甚至拒绝作为桥的所谓使命，在遍地架桥的现实世界，它是另一种桥——不以抵达彼岸为目的。在道路断裂的地方，它承担人类与风浪之间的沟通，接续一些更为重要的东西。

栈桥拒绝联连此岸与彼岸，但我相信栈桥一定连接了一些什么。有些不为人知的消息，从大海深处乘着风浪而来。

看到大海内部的风暴，听懂海浪携带的消息，并且据此明白了彼岸的世界。栈桥向着彼岸保持守望的姿态，这是一种坚持还是一种放弃？

懂得放弃，愿意慢下来，是何其不易的境界。

遇山辟山，逢河架桥。然而这世界并非全是坦途和通途。看不见的裂痕与沟壑，不仅仅是在大地身上，也在人的心上，任何外在的连接其实都是无效的。太多的桥弱不禁风轰然倒塌，通往目的地之路，被一只看不见的手斩断，然后风也平，浪也静。这并不是一个真实的海。

在这个支离破碎的世界，每一块碎片都是一个向往尊严的独立存在。

倘若人心是龟裂的，播种将是一件徒劳的事情，所谓明天也会变得更加遥远和无望。

栈桥的存在让我明白了，局部地观察桥，单独看待一段桥，或许更易于理解漫漫长路。那些所谓完整的宏大意义，常常不过是一个虚空。我们都是道路的奔波者。我们无路可逃。结束或开始，解脱或陷入，每一次选择都悲欣交集。我时常想，是否可以把脚下的漫漫长路分割成为若干份，每一份都视同一段栈桥，以缓慢和从容的心态去走，拒绝风雨兼程。慢下来，才会更清楚地看到沿路的事物。

这座名叫天马栈桥的桥，位于黄海之滨，套子湾畔。夹河在这里浩荡入海，夕阳下可见鸥鸟翔集，波光粼粼。从天马栈桥西行不足百里，是蓬莱仙境，那里可以看到黄海与渤海的交汇处，一条分界线，隔开了两个海。

天马栈桥在我所工作与生活的这个工业新城的西部。栈桥向海里探进四百多米，形似一个跳跃的音符。桥身是木板铺就的，脚底下腾起原木的清香与海的气息。岸边有大片葡萄园，被誉为这个城市的“肺”。很多人周末赶到这里，像是奔赴一个约定，又像是在逃离什么。当这种浪漫越来越日常化，天马栈桥被赋予爱的意味，到栈桥上摄影留念几乎成为这个城市婚礼的一个约定俗成的环节。海是背景，栈桥是爱情的见证者，也是浪漫情怀的参与者。在一个追求速度与效益的工业城市，天马栈桥谢绝速度，保有正常温度和客观立场，且以爱的宣言为己任，这样一个建筑作品的诞生，是我心中一个不可忽略的精神事件。

我知道，它顺应了这个城市和这个时代深处的精神潜流，就像栈桥深入大海内部洞察了风浪的心思和秘密一样。相对于那些所谓功能意义上的桥，栈桥是“残缺”的，它以自身的不完整，表达某种越来越罕见的自主与健全。

像一个巨大的隐喻。

海是不可穷尽的。栈桥懂得海的不可穷尽。它让我想到另一种人生态度。拒绝速度，拒绝对彼岸的抵达。并且，它是有爱的，见证爱，宣示爱，滋养爱。

几乎每个周末，我都到天马栈桥附近的一个小屋去读书写作和发呆。站在阳台上，整个葡萄园尽收眼底。我对这片葡萄园心存忧虑，就像面对一个精致的工艺品，越发担心它哪一天会被跌碎。在别人的不以为然里，我在做着杞人忧天的事情。

我一次次陪同外地来的朋友走向栈桥，走向大海深处。初秋的海边有些凉意，海风吹拂，女儿在沙滩上奔跑，她不时地弯腰拾起贝壳，对每一个贝壳都满心好奇。她把贝壳用海水洗净，摆放到盘子里，一双小手就托起一盘七彩世界。我们走走停停，在栈桥的尽头坐下，面朝大海，并不言语。他燃起烟斗，眯缝着眼睛看大海。穿过烟斗上方缭绕的青烟，他一定看到了别人不曾看到的东西。我不问，他也不说，此刻任何语言都是一种打扰。一群年轻人拥了过来，他们面向大海，相互挽着臂膀，放声唱起了张雨生的《大海》。想起我的青年时代，也曾深情且忧伤地唱过这首歌。那些懵懂的激情岁月倏然而逝，一晃二十多年了。他们挽着臂膀面向大海一遍遍地唱,用心,且用力,歌声嘶哑,像是在呐喊,又像是郑重的承诺。看着一张张年轻的脸,眼前浮起了我的远去的青春,还有这帮年轻人终将到来的中年。其实我们处在同一个时代,有着共同的爱与痛,那些不同的体验和认知,并不是用“代沟”这类词语就可以简单解释的。鸥鸟在飞。前方的岛屿若隐若现。站在栈桥尽头,临海听涛,心事苍茫。向东,可以看到这个城市的大致轮廓,它是由钢筋混凝土和松林构筑的;向西,是几个零星的渔村,还有一个巨大的造船厂。我曾无数次陪同参观考察的外地来客去到那家造船厂,钢铁的世界,穿梭的车辆,电焊工冷峻的表情,金属碰撞的刺耳声响,还有长长的波堤……这些凌乱的意象是如何铸就了一个懂得乘风破浪的钢铁空间?那年下了很大的雪,雪把整个造船厂几乎湮没了,几辆巨型铲车轰隆隆地忙碌一整天,才将满院积雪推进了大海。我是听人转述这个情景的。我的心中满是疑惑,一座雪山被推向大海的时候,会是一个什么样的情形?大海是怎样接纳一座雪山的?一座雪山与海水之间,需要怎样的沟通才能达成最终的融合,它们之间是否也存在一座别样形态的“栈桥”?

因为彼此之间的默契,天马栈桥成为我内心的一个“结”,它浓缩了一片海,日日夜夜涌动潮汐的声音。当我沉默和徘徊时,总能听到海浪在不停地拍打心扉。它在岸边的喧嚣,以及内在的宁静,是浑然一体的。

在黄昏时分走向天马栈桥，几乎成了我每天的一项功课。从不同的角度看栈桥，或者在栈桥不同的位置看海，都会看出不同的感受；同样的一座栈桥，同样的一个海，还有同样的一个我，彼此呈现了日常中被喧嚣和匆忙遮蔽的那些最真实的部分。驻足栈桥，我看到大海的徘徊，看到滨海路上来来往往的不同人生，回望身后城市的万家灯火，心中涌起一种难言的滋味。我说不清我与这个城市之间是一种怎样的情感，想要挣脱一些事物，却又难以割舍另一些事物。此刻的栈桥，是懂我的。

岸边灯火此起彼伏。栈桥的灯光是朦胧的，越往深处走去，越发显得柔和。薄薄的雾气在海面缭绕，让栈桥显得更加脉脉含情，大海也有了与人类相同的体温。栈桥像是一个历尽世事的人，它体验爱与孤独，它保持沉默，始终不开口说出自己的心事。海在脚底下匀称地呼吸，我走在栈桥上，身影被海浪托举着，像一个小心翼翼的秘密。置身桥头，与海对视久了，蓦然回头，我时常把来路的方向当成彼岸，不知今夕何夕。

天马栈桥旁边的广场时常举办盛大的演出。歌声，掌声，呐喊声，混合着海浪的声音，海成为各种表演的巨大背景。歌舞声中，有人在栈桥上漫步，偶尔驻足，远远地望着海边的表演，不知在想些什么。那个夏季，海边广场的大舞台每天夜里都热闹非凡，他们在评选这个城市的草根明星。那些放下锄头和瓦刀的人，站到自己的舞台上倾情歌舞，掌声从海面涌起。我站在台下，一动也不动地仰望台上，被深深地打动了。从所谓的艺术层面看，他们固然是有局限的，甚至有着不可弥补的缺憾，但是他们真实、真诚，这更让人珍惜和感动。在天马栈桥与葡萄园之间，建起了一片住宅区，楼房错落有致，这片镶嵌在葡萄园与栈桥之间的建筑物，散发一种让人心安的力量。住宅小区的后续工程正在施工，建筑工人劳作一天，三五成群地踏着夜色走向栈桥，融入桥上的人群。走在栈桥上，生命都是平等的，摘除面具，摒弃速度，生命回归本来的样子，缓慢，自我，不为外界所动。走在栈桥上的人，其实都是心怀心事的人，喜悦的，或悲伤的，想要倾诉的，不可言说的……我还留意到，几乎所有来到栈桥的人，他们的行走都是缓慢的。那些沿着海边跑步的人，那些驱车而来的人，步入栈桥，都自觉地减速，保持一种漫步的姿态，像是一个共同的约定，又像是进入了某种“场”，没有理由也不需要理由，一切都是自然的。远方公路上传来车辆疾驰的声音，栈桥以自己的方式呈现了一种不合作的缓慢。在栈桥上，速度是没有意义的。

栈桥的尽头是大海，不是彼岸。其实所有道路的尽头，未必都是预想中的圆满结局。所谓梦想，实现亦即破灭，这样的一份悖论被我们略过了。

一截路，义无反顾地延向大海深处的风浪，而不是相反。临桥而居的人，相同表情下隐藏着不同的想法，大家迈着同等节律的步子，走着同样的一段桥，内心抵达的地方却是不同的。

车在戈壁滩爬行，放眼望去，满目苍凉。同行的人都嫌沿途没有景致，因为单调所以更觉疲累。我珍惜这样巨大无边的单调和苍凉，它本身即是人世间最不可替代的风景。早晨从敦煌出发，中午抵达嘉峪关，下午就乘坐飞机离开了那里，我没有看到“大漠孤烟直，长河落日圆”的景象。像那些风尘仆仆的当代游客一样，我从一个地方奔赴另一个地方，不知道究竟看到了什么。

我们都是匆匆赶路的人。

登嘉峪关，我并没有雄壮之感。瑞典探险家斯文·赫定曾经这样描述嘉峪关：“这个伟大的建筑，像一座复杂古老的工艺品一样，屹立在西部的大地上。”一个关隘，像一个“工艺品”，这是嘉峪关的伟大之所在。塞外的凄风厉雨中，一个关隘除了它的功能作用，在局部细节上居然如此讲究，多么让人心动。与古人相比，当代人的心灵何其粗糙。在嘉峪关，我抚摸城砖，想要感受历史的体温，可惜冰冷一片，很难想象这里曾经凝结了那么多热血男儿的豪情。我更多感受到的，是苍茫——现实的和历史的苍茫。远山静默。我以我的方式与远山对视，我内心的苍茫比眼前看到的更为苍茫。有一种想要落泪的感觉。在嘉峪关的苍茫中，我得到另一种洗礼，获得另一种力量，明白了多年来没有想明白的一个问题。这是否叫作彻悟？

那次大西北之行，是我人生的一段“栈桥”。在那里，面对巨大的苍茫，我终于明白人生并不是所有的抵达都有意义，不浪费生命，不将生命消耗在无谓的事情上，这是对生命的最大负责。其实多年来我一直在思考何去何从的问题。我还不够坚定和决绝。同行大西北的一位退休干部，一路上总结自己的职场生涯，叹息一生中最好的年华都用在撒谎上，到了晚年才想到要做一个诚实的真实的自己，但是已经没人愿意听他说话，即使对于他的那些泣血忠告也充耳不闻，他感到悲哀，为自己，更为他们。再匆忙的赶路，也该明辨方向；人生更像一场散步，而不是只顾低头赶路，路的尽头并没有沿途的这些风景。从大西北回到我所工作与生活的城市，我学会了使用“减法”，从俗世的目光和欲望中抽出身来，以放弃的方式固守属于自己的命运。对得住自己这条命，不枉到这世上走一遭，这是活着的意义，哪怕它最终只对我一个人有意义，也是无怨无悔的。我庆幸自己在一个还不算太迟的年龄里，真正坚定了这样的一个想法。那一刻，我觉得第一次真正懂得了身边的这座栈桥。

天马栈桥让我想到了其他的更多的桥，还有它们在现实中充任的角色。生活空间飞速拓展，心灵空间却变得越来越逼仄。人的内心是最不该忽略，又最容易被忽略的地方。很多人忙着与世界对话，却忘记了倾听自己内心的声音。栈桥告诉我，缓慢是可能的，拒绝是可能的，与自我的对话也是可能的。时间会验证这其中的奥秘。一个不曾被时间穿越的空间，是不具备生命力的。我看到那些来自遥远地方的时光，它们蹒跚着，一步一个天涯。

汹涌的思考。节制的表达。这个现实是经不住追问的。

诗意的栖居只能沦为一抹回忆了。现实在欲望的怂恿下，一次次宣告诗意栖居的不可能，以及所谓努力的徒劳。有些焦虑，其实正是源自对这种徒劳的不甘。

从人群中走出来，在重新走向人群之前，是栈桥接纳了我，我们。

珍视身边的这座栈桥，它让我以漫步的姿态抵达了这世间所有不可企及的地方。

夜宿渔村

是在某个夏日午后，我们去到那个叫初旺的渔村。住处被安排在镇上，距离渔村有段距离，说是条件相对好一些。我们住了一晚，感觉并不好，执意要搬到村里去住，文化馆老仲于是陪我们去考察了渔村可住的几个地方，最后选定一家招待所，我们戏称这是村里的“五星级酒店”。

招待所房间有些暗，潮湿。没有书桌，老仲临时从学校借来两张课桌，桌面上是厚厚的污渍，想擦一擦，越擦越脏，我用几个牛皮纸信封铺在上面，开始伏案工作。

一种异样的感觉激荡在我的内心，不知道接下来一个多月的时间里，我在这个渔村会看见什么，写下什么。坐在招待所的屋子里，时常就会听到一声闷响从远处传来，脚下的地面随之颤动，有下沉感，房屋也似乎有些摇动。据说渔村附近在搞一项填海工程，需要把一座小山挖空，爆炸的声响不时传来，有时强烈，有时悠远，说不清跟自己以及自己所在的渔村是否有关系。

村人似乎早就习以为常。大地在爆破声中颤动，他们看起来很淡定，除了牢骚几句，似乎并不真的介意。

房间隔壁住了四个河北民工，他们是来渔村的工厂安装粉尘设备的，开一辆夏利车，每天早晨出发，夜里归来。我想跟他们聊一聊，又觉得他们属于我的文章主题之外的话题。当我想要跟他们说说话的时候，他们已经搬走多日了。在渔村，在这个招待所的院落里，我们保持了城里人的生活习惯，房间与房间不相往来，心怀警惕。午夜时分，我在招待所院子里踱步。招待所的大门紧锁，门外偶尔有车辆呼啸而过。院子里的狗，起初因为我的踱步而狂叫，一会儿就适应了。院子里安安静静的。

渔村的夜晚，是以海为背景的。

海成为一个巨大的看不见的背景。我有时候觉得自己是浮在这夜色中的，身边的一些细小的恐惧，会随时侵袭我。比如，像蜈蚣一样的虫子，常从脚底下倏忽溜过。书桌上偶尔可以看见爬行的小蚂蚁。我不伤害它们。它们在我的书桌上跋涉，我们也许是同路的人。午夜时分是不能临窗远望的，因为一抬头常常就看见一只壁虎正在身前的窗玻璃上与你对视，白色的肚皮在灯光下格外清晰。朋友告诉我，在厕所里他曾看见一只蝎子在疾走。夜里解手，是需要去院子里的，我恨不得眼神变成两条线，只看到该看到的，除此之外一律视而不见。我不知道我会看见什么，我缺少看见的勇气。我总觉得在我的身前身后有另一种存在，就像无边的夜色里隐藏着巨大的喧哗。

白天见到的事，在夜里逐一回想。渔村之夜，像一个巨大的过滤器，将白日的所有杂念过滤掉了。一直以为自己还算是有定力的，在渔村，我才知道自己其实是多么浮躁，只是这浮躁被一种所谓思考和忧虑的面孔给掩饰了。住在渔村，我觉得我的心并没有真正在这里停栖，我一直记挂着的，其实是村外的事情，难以抵挡来自渔村之外的巨大惯性。手机在遥控着我，微信朋友圈不知疲倦地传递外面的消息。身在渔村，我每天需要拿出大块时间处理渔村之外的现实冗务。想到这个广大的世界有那么多琐事在等待着我们，茫然的情绪就在心底涌动。

渔村的夜晚是安静的。远远地传来狗吠声，越发地衬托了渔村的安静。早晨四五点钟的时候，窗外的声音就渐渐有了。村人说话的声音越来越大，起初以为是在吵架，侧耳听了一会儿，很大的嗓门里其实夹杂了夸张的玩笑，也就释然。这是渔民的说话习惯，普遍嗓门大，大约是因为海上风浪大，说话的声调在不知不觉中就高了起来，以至于成为一种习惯。

早晨四点半起床，去海边码头。果然，看到众多船长聚在码头，大约分成了六帮，随意地聊天。这已成为每天的功课。每天早晨天刚蒙蒙亮，船长们就陆续走向码头，不管是否出海，他们都要到码头聚一下，看看船，聊聊天，风雨不误，越是有风有雨的坏天气，越是要到码头看一看，他们惦记着自己的船。

填海的石头，堆在海边。年初筹备“中国渔灯文化之乡”授牌仪式的时候，我曾长时间站在这些填海的石头跟前，感慨，抚摸，似乎听到石头内部涌动着大海的潮汐。遥看守海人的龙山庄园，依然是彩旗飘飘。不远处是大片的海参养殖房。在路的拐弯处，才发现老龙山脚下被挖出了一块巨大的空地，看上去竟有悬崖感。猜想大约与当年建渔港有关，但又说不准，改日问一下，想要弄明白。

人的力，在改变很多的东西。这些被改变的东西，同步也改变了人的某些部分，已知的和未知的。我对渔灯文化的书写，随着采访的不断深入，越发体会到了其中的复杂况味。这是一种注定消逝的事物。我的书写，对这种注定的消逝或许并没有什么意义，但是做这个事情的过程对我是有意义的，这也是我为什么要从现实冗务中挣脱出来，与渔村和渔民朝夕相处那么多日子。我所收获的，比我所想到的更多，它们必将影响到我以后的生活与写作态度。我觉得我的书写并不仅仅是一种表达，它更多的是一种留存。在轰轰烈烈的城市化进程中，这种留存颇有几分悲壮意味。

那天傍晚下起了雨，一辆北京牌照的小车开进招待所院子。他们来自北京，自驾游，从网上找到这个渔村。我不知道他们是不是也会像我这样，在这里度过一些日子，然后带着自己的体会，离开这里。对于一个村庄，对于这个世界，其实任何的人都是这样的。这是一个多么简单的道理，可是很多人倾其一生也难以懂得。包括我，也是这样的。我常常以为自己已经懂得了人生，其实任何人在抵达终点之前所看到的，永远只是自己的某一部分,他永远看不到完整的自己。

也许该与招待所的主人聊一聊了。采访了半个村子,我却很少与他说说话。直觉告诉我,他是一个有故事的人。我对身边的故事,却迟迟没有去了解,潜意识里似乎觉得身边的故事太近了,即使对于我这样的驻村体验者,也很快就把招待所当作了自己的“地盘”,我的目光更多地用在搜寻散落于渔村四周的故事,他们的隐秘和不确定性,对我具有更大的吸引力。我把昨天的我复制到了今天,无论思维方式还是处事态度,原样地复制到了今天,虽然我所面对的人与事都已迥异。

我犯下了一个常识性的错误:在我看来的那些所谓神奇物事,不过是渔村和渔民的日常。这样的日常,被忽略被抽空已经很久了。

日常的力量,也许这该是我在渔村的最深发现。当我试图描述和表达这份日常时,我才感到了那些既定语言的无力。我已经被它们操控很多年了。也曾想过,即使从中突围,脱身,又可去往何处?

走在渔村,不管是村人还是打工者,只要是静止在某处,站着,或者坐着,几乎都在低头看手机。手机已经奴役了所有的人。在渔村,可以看到通信公司的若干个充值业务点,甚至连渔民家的春节对联,也是通信公司印制的。我们的生活方式,已经复制到了这个世界的每一个角落。

不采访的时候,我与友人在各自的房间里埋头写作,互不干扰。渔民只看到了我们的散步，像某类闲杂人员，在村子里到处晃荡，听他们“说瞎话”。他们不知道，夜深的时候，这两个人伏在招待所闷热的小屋里，跟自己较劲，跟整个世界较劲。这在他们看来，显然是吃饱了撑的。有几个晚上，我与友人因为对某个问题的看法不同，竟然争论到了下半夜，这丝毫没有影响隔壁房间的酣睡声。我们的争论，与渔村有关，却不被渔村所知，这样的争论在渔民看来是可笑的。

驻村之前，有几件必须要做的事，没来得及落实。在渔村的日子里，我一直惦念在心，一个月下来竟然渐渐地淡忘了那些事，想要再去落实的时候，又觉得其实是没有必要的。生活中的很多事，大抵如此。看似务必去做的，其实未必重要。有些事，不做，即是态度。这与躲避是两码事。

我所期待的理想状态，是拥有一套自我封闭系统，它对于这个世界时刻是开放的，但是在独自的时候，又是懂得自我封闭的。而渔村，世世代代都在向着大海讨生活，如今它除了面对大海，还在面对大海之外的世界。渔村的意象，由零星的、分散的，渐渐地有了一条隐秘的线索，渐渐地汇聚，形成一个看法，变得越来越清晰。我说不清楚这该是好事还是不好的事，当我终于从迷乱中形成一个稳固的看法，同时很多具体的事物在我的看法中被遮蔽被清除掉了，至少从这一个多月的观察和记录来看，这样的变化未必是好事。我不希望一个月的驻村生活最后仅仅归结为一个看法，就像人的一生，不是为了一个所谓的评价和结论。我更看重的，是这个过程的打开与拓展，一段生活是这样的，人的一生也是这样的。这里的陌生感，这里的无序状态，都在精神上给了我很多意外的收获。对于渔村之外的世界，渔村是一个思考的过滤器。在渔村，我理解了整个世界。当我离开这个渔村，重新回想和打量，抑或故地重游，也许会生出一些另外的感受。那是以后的事了。

心愿树

他在自家院落栽下那棵幼槐，已是若干年前的事情了。在这座工业新城边缘，黄沙漫漫，海风寂寥，没有人留意一棵树在某个院落的成长。几年过去了，这里发生翻天覆地的变化，高楼林立，人气越来越旺，特别是夏日夜晚，海边栈桥成为这个城市的休闲之地。他把那棵幼槐从自家院落移至海边，栽在距离栈桥不远的地方。移栽当天，他举办了郑重的仪式，我是后来从录像资料中看到当时的情景，隔着时间和屏幕，依然能强烈感受到他的虔敬。这是一个心有敬畏的人，他以这样一种方式表达对于这片土地的深爱。在蓝天与大地之间，在海边，这是一个人的仪式。那天一只喜鹊停留在树梢上久久不肯离去，像是被眼前这个简朴的仪式所感动。幼槐的周围，是护墙。他没有把一棵树直接推向海边，选择在远离人群的地方，在对风浪有所遮挡的地方，让一棵树安心地扎根成长。成长是一件具体的事情，需要经风历雨也需要关爱呵护，他默默关注这棵树，每天早晨都要去看一看它，绕着树走几圈，在同一个位置亲手给它拍一张照片，不管如何忙碌，这成为他每天的必修课。他不仅仅种下了一棵树，而且每天都牵挂和惦念着这棵树的成长，每天都去看一看它，记录这棵树每一天的成长与变化。我时常在想，在繁忙的现实冗务中，他对一棵树的惦念一定赋予了信仰意味，他的心里一定有某种东西在伴随那棵树一起成长，每天迎着朝阳走向海边，去看望一棵树，他在行走的过程中，精神越发明亮起来。他远远地打量那棵树，有时候走近了抚摸树的枝叶，心里有说不出的感动，海浪声中，他甚至能听到树在拔节的声音，像是与他的心灵对话。他听懂了。一棵树，与大海朝夕相伴，他听到树的身体内部的潮汐，那是生命生生不息的召唤。大海的浪花与树的绿叶遥相呼应，一如他与大海彼岸遥遥相望，这种最沉默的语言，可以诠释世间最浪漫的事。日本诗人谷川俊太郎曾经说过，因为自然的某种状态而唤起的感动，是他创作诗歌最重要的内核。每天早晨他都会到院子里散步，曾经有一整年他在早晨同样时间、同样的位置，以院子中央的一棵枫树为中心，拍摄院子里的风景。三百多张照片做成一个相册，记录下院子里的每一个清晨。作为诗人的谷川俊太郎，在他的取景框里以一棵枫树为参照，对周边风景做出取舍和判断。这也让我想到身在海边的他，对一棵槐树的移栽和关注。他不仅仅是在培植风景，他在关注生命本身，以生命关注生命。在一个人与一棵树之间，存有某种隐秘的精神关联。那棵槐树一天天拔高，渐渐超越围挡，露出葱郁的树冠。它看到了大海，看到永不疲倦的潮汐声的来处。作为一棵树，它的根已经足够扎实，可以独自应对来自大海的所有风暴，它将见证大海所见证的，细密的年轮将会刻满这个区域成长演变的密码。一棵树，以年轮的方式，留存成长的记忆，刻下关于风雨和梦想的印痕。他在这棵树的身上寄予了一种期望，让这种期望在缓慢的成长过程中渐渐实现，这样的寄托方式显然不符合当下急功近利的风气，大家早已习惯了速成，习惯了拔苗助长，恨不得一下子省却所有的过程。他拒绝这样，在一棵树的缓慢成长中渐渐走近心中的梦想。缓慢让他心安，一个懂得速度的人，也深切体味到慢下来的真谛。他注视一棵树，注视它的缓慢成长，这是一种价值观，一种对于社会和人生的独特理解。他并不期望所谓的理解。他只是在做着，按照自己的方式，他相信当这棵树葳蕤蓬勃的那一天，将是他最感欣慰的日子。立村必先植槐，他在这里扎根，把大海当作故乡。他忘不掉故乡村头的大槐树，那是整个童年的记忆，在大槐树的护佑下，他一天天长大。如今村庄的树木越来越少，到处都在上演大树进城的当代寓言，他栽下一棵幼槐，在自家院落，在海边，在异乡，体味整个成长的过程。他把这片居住地当作自己的故乡，亲手栽植一棵槐树，向遥远的故土致意，在日新月异的生活里，这份记挂传统的朴素情怀有着最动人的力量。他是一个沉潜的人，一个对生活对生命有敬畏心的人。这世上，很多的人在忙碌着，很多的人有着这样或那样的想法和抱负，但是心怀敬畏的人委实不多。关于一棵槐树的林林总总，我是在偶然的交谈中获知的，一个人如此郑重地对待一棵树，这让我感动。每次散步路经栈桥，我都会特意走过去看望那棵槐树，在它的身边默默站一会儿。它天天依旧。在天天依旧的状态里，突然有一天，我发觉它长高长粗了。成长是一个缓慢的不可逾越的过程，明白这个过程，并且懂得体味这个过程，才算是彻悟了人生。

我并不懂得人生。我只是一个对生活有追求也有抗拒的人。

我们去参观的规划展览馆被誉为那个江南城市的会客厅。以客人的身份进入会客厅，我被不安感深深攫住，高科技堆积出的幻觉，还有大地上发生的那些事情，完全被虚拟化了。我的眼前所看到的一切，隔着一层说不清的什么。小心翼翼地走在展厅，生怕一脚踩空。向前三十年，向后三十年，半个多世纪的时光浓缩并展览在这个空间，我有一种想要逃离的念头。那些冰冷的数字化表达方式，它们切割你，将你分成若干份，每一份都有你的影子，每一份都已经看不出一个原本的你。我想回避它们。它们拒绝回避。

从展览馆出来，感觉自己像是从另一个世界回来，现实的世界不再清晰。南方的冬日并不寒冷，阳光淡淡地照在身上，有些冷意。我在展览馆门前的空旷地带踱步，漫不经心地走来走去，很快就留意到两棵被包围在脚手架里的老树。是两棵香樟树，在这个城市街头随处可见的树种，只是这两棵树看上去更苍老。许是“主人”对树的造型不太满意，他们围着树冠搭起了脚手架，树的枝杈被捆绑被固定在冰冷的钢管框架里，像颓然的囚徒。那些钢管在树身周围密密地交织着，像是对一棵老树的不放心，又像在别出心裁地托举和矫正着某些枝干的形态。我恍然明白，这是两棵被绑架的树，他们希望这两棵树按照他们的设计和要求去成长，最终符合更多人的观赏眼光。远远打量这两棵被囚禁的树，冰冷的脚手架让人恍然觉得进入了一个建筑工地，这类建筑工地正在遍地开花。两棵香樟树，被移植到这个广场的展览馆门前，就像平地拔起的钢筋混凝土建筑物，是冰冷的，没有丝毫温情。

两棵被展览的树。

两棵被绑架的树。

脚手架的存在，是为了让树木按照他们的预设来成长，这让我感到无限悲凉。这样对待一棵树，即使再光鲜再标致又有何用？倘若缺少对生命的起码尊重，所有言行都是经不住追问的。我回过头来，重新打量伫立在眼前的展览馆，它是静默的，在阳光下闪着耀眼的光。

当地的朋友问我：“你喜欢这两棵香樟树？”

我摇头，不语。我不喜欢被展览被绑架的树。我所关心的，是一棵树的命运。这些命运被谁决定，凭什么就这样被决定？一棵树也是有生命有尊严的。从一棵树上,我看到了人类的影子。一棵经风历雨的树,自然懂得季节的意义,懂得顺其自然的意味,在常人目力不及之处,它看到了人未来的样子。

后来,我在安徒生童话中,读到了关于树精的描写。安徒生在一百多年前,就预言了当下正在发生的事情,他在《树精》中写道:“我们的时代是一个童话的时代。”

这样一个童话时代,总在上演一些真实的故事。

一个依附于栗树的树精,梦想着到豪华富贵的环境中去,每天黄昏,她都朝着巴黎的方向望去。这棵梦想去巴黎的树,终于有一天告别自己脚下的土地,向着日思夜想的城市而去。一个声音,像末日的号角一样响起:“你将到那个迷人的城市里去,你将在那儿生根,你将会接触到那儿潺潺的流水、空气和阳光。但是你的生命将会缩短。你在这旷野中所能享受到的一连串的岁月,将会缩短为短短的几个季节。可怜的树精啊,这将会是你的灭亡。你的向往将会不断地增大,你的渴望将会一天一天地变得强烈。你将会离开你的住处,你将会改变你的性格,你将会飞走,跟人类混在一起。那时你的寿命将会缩短,缩短得只有蜉蝣的半生那么长——只能活一夜。你的生命的火焰将会熄灭,这树的叶子将会凋零和被风吹走,永远再也不回来。”

这是对树精的忠告。这个声音在空中回响,丝毫没能改变树精对城市的渴望。作为一棵有根的树,她希望自己像飘浮的云块一样，可以远行到谁也不知道的地方去。许多人带着铁锹来了。这棵树被连根挖起，装到马车上，向巴黎运去。这是快乐的旅程。这是期盼已久的旅程。这棵树的枝叶忍不住颤抖起来。她并不知道，自己爱上了一个虚无。

她被栽到了城市广场上。这里曾经站立过一棵树，一棵被煤烟、炊烟和城里一切足以致命的气味所杀死了的老树，当树精被运抵广场的时候，那棵老树刚被装在马车上拖走了。树精并没有意识到，她所目睹的这一幕，正是自己接下来的命运。

泉水，微风，甚至清新的空气，都离她远去。工业文明像一个蓄谋已久的伤害，等待一棵远道而来的树。钢筋混凝土的世界，以冷漠的方式接纳了这棵树。

“一切跟我所盼望的是一样，但也不完全跟我所盼望的是一样！”树精陷入了矛盾，一种不曾有过的想法开始折磨她。在她的梦想中，既有对人的生活的向往，又有对云块的羡慕。云块是自由的，也是虚无的。树精不得不面对的，是一个被改造的真实世界。回归的不可能，以及生命的枯萎，成为一件注定的事情。“上帝给你一块土地生下根，但你的要求和渴望却使你拔去了你的根。可怜的树精啊，这促使你灭亡。”风琴的调子在空中盘旋着，用歌声说出了这样的话。

十年前，我曾将自己的一本散文集命名为《远行之树》。我想象一棵树，既得扎根，又要远行，这是它只能直面的命运，也是它无法解脱的生存悖论。这里面有着一个人的犹疑和抗争。

我把这些难以言说的情怀,托付给了一棵远行之树。那时我不曾想到,在若干年后的城市化浪潮中,树的远行会成为一个普遍现实。一双看不见的手,把大树从深山移植到了城里,在钢筋混凝土之间,一座座没有年轮的城市正在迅速成长。大树进城,大树的枝叶上蓬勃生长着的,是人的急功近利。被移植到城里的大树,在城市天空下支撑起另一片天空,这是正在被创造的所谓奇迹,是“拔苗助长”的当代版本。

树的渴望与人的欲望,在漫长的时光中交汇成为一个点。这个点逐渐地扩大,逐渐地有了光环,逐渐地被更多的目光关注,被更多的人提起,成为这个时代的热闹景象。

云块是在高处的一个虚渺存在。树精对云块的向往,让她最终成为地上的一朵残花,被人类的脚踩成尘土。我的那份曾经寄望于远行之树的遥远情怀,已成为某些人急功近利的一个注释。那些风尘仆仆的赶路人,究竟是要去往哪里?

有生命的事物,是不该仅仅成为装饰品的。一棵经风历雨的树,被移植在钢筋混凝土之间,成为当代城市的一种点缀。这棵树的枯萎枝叶,把城市天空的倒影分割成了若干碎片。

如今,城市建设者纷纷把目光投向大树,依靠大树进城,快速营造城市的历史感。这是对自然规律的强行改变,是人的急功近利的最真实的表现。一个没有年轮的城市,一个无根的城市,所谓繁茂的枝叶,都不过是短暂假象。季节交替,当风霜雨雪走过,这个城市显露本来的荒凉面相,将是一件必然的事情。

那年冬天，我时常去郊区看望那棵古槐。她的树干已经枯朽，谁也不知道她在村头究竟站了多少年。村庄正在拆除，她依然站在那里，像是一个对世界放心不下、心中怀有牵挂的老人。她站在那里，看着村里的人走出去，看着村外的人走进来，她已经没有可以迎风摇曳的树叶，失去了最真切的语言。她无声地看着眼前的这个村子，这个小小的村子，就是她的整个世界。她的整个世界就要消逝了……

我看到一个老人，站在古槐下，形单影只，像是从古槐身上折下来的一截枯枝。

这棵古槐，对这个村子是有恩泽的。我轻抚她的枯朽的树身，就像握住时光的苍凉的手。那一瞬，我是一个被时光遗弃的人，我比古槐更苍老。

总有一些故事，曾与这棵树发生关联。树是见证者，见证了一些在时光中流逝的事物。

一如此刻的我，是此刻的唯一见证者。

站在山顶俯瞰这个城市，我的心中涌起阵阵疼痛。那些苍茫的岁月，变得如此切近和清晰，我说不出这座城市之于我，以及我之于这座城市，究竟有着怎样的一种关联。我的牵挂，我的悲悯，我的无言的爱，消失在冰冷的钢筋混凝土之间。

做一个有着正常体温的人，如此艰难。

曾经读到某位作家写他如何在树叶上写诗的文章。在树叶上写诗，然后收集飘落的树叶，这究竟是浪漫还是矫情？即使作为对生活的一种理解方式，我也不相信它在现实中的可能性。我更愿意相信的是，一棵站在风雨中的树，它将风雨的洗礼，以及对风雨的理解，内化为生命的年轮，沉积到了根部。这种内在的力量，是一棵树坦然面对成长的资本。那对民工兄弟唱的《春天里》，我在网上一遍又一遍地听，忍不住热泪盈眶。所谓艺术，在此刻并不重要；重要的，是他们对这个世界的理解与热爱，是他们以歌唱的方式呈现出来的一颗心。他们勾起了我对青春岁月的记忆，对当下被遗忘被忽略的现实的关注。我也曾经告别故乡，一个人在城市流浪，心怀梦想，对这个世界付出真诚与热爱。如今麻木多了，看起来我已把生活打理妥当，已经不必再有什么忧虑与牵挂，沉浸在一己情感里，不再拥有更为宽广的情怀。日常生活成了一个巨大的战场，我与若干个我作战，难分胜负，似乎战争才是唯一的选择，缺少一种更大的力，超越和掌控这样一个已经沦为日常的战场。

当我看到大海与广场连为一体，心底涌起一种悲怆感。空间如此辽阔，却不知该把一颗心放在何处？大海不合适，广场也不合适，我是一个海边的流浪者，大海和广场都不能让我停步。我走着，却不知将要走向何处，大海和广场也不知道。抗拒被裹挟，需要多倍的定力。我的方向在脚下，就像扎根，朝着大地的深处挺进；而枝叶，是朝着天空舒展的。

在天空与大地之间，一棵树正在远行。

我所要抵达的，其实仅仅是我自己。

直到有一天，我似乎理解了，他从自家院落移植到海边的一棵槐树，是他在苍茫岁月里的刻舟求剑，他在关注成长本身，遵循自然的规律，摒弃那些所谓的效率和效益，留下生命最真实的刻度。在城市化浪潮中，这个人在用心做着最纯粹的一件事情，一棵树承载他的梦想，迎着风与浪，一天天成长。当有一天，太阳从大槐树繁茂的枝叶背后升起，那样的一个瞬间，作为见证者的大海也将被打动。

我走向你，在一个白雾迷蒙的早晨。我沿着海边一步步走去，看不到栈桥，看不到那些熟悉的建筑群，眼前唯有一片白雾。我走向你，已经不再奢望白雾散尽，我所能做的，就是在太阳升起之前，一个人穿越迷雾，走到栈桥的跟前。在栈桥旁边，有一棵被惦念的成长中的树。

切 口

一

阳台上出现了几截短小的树枝。这是十四楼,周边一片空旷,除了更高处的天空和地面上的路,再就看不到别的什么,我把树枝捡起,在掌心一字排开,琢磨它们究竟来自何处。一只鸟的翅膀从楼前掠过,我想起了喜鹊,一定是它们把树枝衔到这里。几天前,两只喜鹊落在我家阳台上,叽叽喳喳地跳着,很是欢悦的样子。我与喜鹊隔着一层窗玻璃,屋里屋外是两个世界,我坐在玻璃之内,忽略了窗外发生的事情。

我开始留意窗外的喜鹊,它们在阳台栏杆上伫立,踱步,天空和远方成为它们存在的背景。我是唯一的观众。我坐在客厅,透过窗玻璃,看着它们,想起老家村头那棵大树上的喜鹊窝,我在童年时代曾经长久地仰望,惦念树梢上的冷暖。参加工作后,下乡时偶尔看到路边的喜鹊窝。村庄已经拆迁了,村头的树还在，树上的喜鹊窝还在，我不再像童年那样仰望，车子快速地驶过，我一次次从车窗探出头，拍下匆匆错过的树和喜鹊窝。那些带有速度感的照片一直留存在手机里，每次翻看，总会触动我的内心深处的一点什么。这些年我似乎变得越来越麻木，越来越不容易被打动了。胶东半岛东部海域不久前发生了四点六级地震，我所在的城市有强烈震感，那是一个午夜，我辗转难眠，一个人枯坐在书房里，刹那间，脚底下似有闪电在突奔，整栋楼房随之剧烈晃动。我知道地震发生了。那是我第一次这么真切地亲历地震，后来一直让我感到不可思议的是，我竟然没有惊慌，没有想到逃跑，我枯坐着，像是那场地震的局外人。也许是我觉得陷身大地的伤口之中我们终将无路可逃，也许是因为我对地面的震动早就习以为常了，从去年开始，这个城市到处都在修路，路面被挖开，然后缓慢地缝合，挖掘机、铲车、货车一齐上阵，我蛰居的这间临街的屋子每天都陷在轰鸣和震颤之中，只有到了夜晚才渐渐安静下来。在巨大的轰鸣中，在不时的地壳颤抖中，我的感官变得麻木，迟钝，以至于对地震的降临无动于衷。而那几只喜鹊光顾阳台，确是在我内心激起了一丝久违的感动，平日里，我也时常站在阳台上，有时远眺，有时俯视，除了把远方遮蔽起来的高楼，除了虚渺的天空以及地面上轰鸣的挖掘机，似乎再就没有看到什么。我一厢情愿地以为，那几只喜鹊选择落到我的阳台上，一定是它们感觉到了我的窗口与其他窗口的不同，童年时就听老人讲过喜鹊对环境有一种与生俱来的敏感,它们频频落到我的阳台上,在窗前蹦来跳去,这预示着什么?我说不清楚,我相信这是吉祥的,喜鹊在阳台上扑棱着翅膀,让我觉得天空和远方都变得亲切起来。在我最孤独最焦虑的那段日子里,是喜鹊送来了安慰。

很快,我就发觉喜鹊之所以光顾这里,大约与阳台上的花生有关。父母从老家带来了半袋子花生,晾在阳台上,让我熬夜的时候吃,说是有养胃的功效。这些花生被喜鹊盯上了。我很纠结,不知该把花生收起来,还是让喜鹊继续啄食。这些花生是父母在乡下的劳动成果,老人不辞劳苦,把它们辗转带到城里,认真地晾晒在阳台上。喜鹊的光临,像是一个玩笑,又像是给我出了一道难题。我不想成为喜鹊世界的一个破坏者。

还有更多的花生储存在乡下老家,母亲说城里地沟油太多,还是自家种点花生吧,自己榨油,图的是放心。我的幼时记忆里,村头有一家油坊。每年秋天收了花生,晒干,然后剥壳,父亲会在冬闲时节用小推车把它们送到油坊里榨油。在乡下,榨油是一件平常的事,平常到我从来没有留意它的工序,对花生是如何变成了花生油,居然一无所知。我只记得,村头那家油坊的墙壁上满是油垢,榨油的人一身油渍,像是刚从油锅里捞出来。父亲把当年收获的花生全都送进油坊,换回一张欠条,上面写着可以领取多少斤油,然后在接下来的日子里,精打细算,随用随取;后来,村人拒绝接受欠条,榨了油,直接带走,不愿寄存在油坊里;再后来,榨油的时候,主人寸步不离,守候在现场,从头到尾盯紧每一道工序，母亲说不是怕短斤缺两，是怕被油坊换成了地沟油。在地沟油盛行的年代，让自己的孩子吃上放心油，这成为我年迈的父母的一个劳动理想，关于劳动，关于爱，在父母那里变得如此简单和具体。

每次回乡下老家，车的后备箱都会塞满亲戚送的农产品，他们说这是不施农药的，品相难看，吃起来放心，专门留着自己吃的，城里买不到。他们这样说着，深以为然，又不以为然。这些素朴的人，这些善良的人，是什么让他们变成了这个样子？

一群喜鹊在田野里觅食，几只喜鹊在阳台上啄食花生，两者显然是不同的。当喜鹊在城市楼宇间发现并选择了晾在阳台上的花生，我不知道，这算是一个审美问题，还是现实问题？我不知道该采取什么态度来面对和解决这个问题。我的纠结在于，花生是父母亲手栽种的，他们想留给自己的儿子熬夜写作的时候吃，是用来养胃的。我在这种纠结情绪的背后，还有一个忧虑：当晾晒在阳台上的花生被喜鹊吃光之后，这些喜鹊还会一如既往地光顾我的阳台吗？这个问题的提出，让我吃了一惊，我无法解释自己心里何以会有这样的一份忧虑，也许是我太孤独了，而这孤独，远甚于熬夜时的饥饿和胃病的苦痛，是超越了肉身的。

几只喜鹊，让我的世界变得生动起来。隔着一层窗玻璃，我只能隐约听到它们的鸣叫声，在修路的巨大轰鸣和震颤中，喜鹊的声音显得多么单薄。我听到了它们。我想到了，几只喜鹊在城市楼宇间飞;我想到了,一群喜鹊在乡村的树林里飞。如今树林不见了,剩下几棵树,站在空空荡荡的村头,越发显得孤单。喜鹊也进城了。在钢筋混凝土的丛林里,有几只喜鹊选择了我的阳台。这些有翅膀的鸟,栖落在平凡如我者的窗前。而我,一直梦想拥有一双翅膀,向着无穷尽的天空和远方飞去。

我们忽略了脚下的大地,忽略了曾经生长庄稼如今承载高楼的大地。每一株庄稼都是大地的一个切口;每一栋楼房都是大地的一个切口。每一个切口,都有一个待解的谜。面对土地,我们究竟种下了什么,收获了什么,这似乎并不是我们真正在意的。我们走在水泥铺就的大路上,脚下一片洁净。

当翅膀成为一种负累,整个天空也变得徒然。

二

严禁清洁工把垃圾桶里的废纸带回家,成为这栋大楼的一条新规。这栋大楼矗立在小城北部,与大海隔了一片防护林,总共十八层,每层楼的卫生间门口都有一个很大的垃圾桶。清洁工没有把垃圾桶一倒了之,他们把纸片分拣出来,捆在一起,下班时随手提回家,积攒多了卖给收废品的人。这件本来不起眼的事,不知被谁看在了眼里,成为一个话题,并且很快就由话题变成了问题。接下来,这栋大楼的所有单位都配备了碎纸机,要求每一张带字的纸在作为垃圾丢掉之前,必须经过粉碎这道工序。

那些年,我的工作就是写材料,我在一张张纸上写下的,既是安身立命的所需,亦是对职业理想的一份向往,那时我还年轻,不像现在这样有着不可思议的惰性,熬夜写一晚上材料,只要被认可被采纳,就觉得值了。我不曾深想过,我究竟写下了什么,它们对现实是否有效。最美好的年华就这样度过了。那时我的所思与所想,难道仅仅是因为年轻,因为对明天尚有期许吗?不止是那样的,更重要的原因是我在那个时候还没有形成对于世界和人生的稳固看法,没有一个完整的世界观和价值观作为支撑,对眼前复杂多变的现实缺少更深的体察,我把自己的随波逐流当成了对社会的所谓适应和参与。记得到这栋大楼上班第一天,阳光洒满了办公室的桌面,科长微笑着,让我觉得人生中所有日子都将如此灿烂。从此之后,我开始了长达十多年的写材料生涯,几乎每天都在加班熬夜。科长是个搞了半辈子公文的人,各种材料堆积在书柜里,看起来凌乱不堪,但是写材料每到关键时刻,他想起哪份可以借鉴的材料,把手探进书柜,一扒拉就可找到。我利用业余时间,把他书柜里的所有材料装订成册,在扉页编印了目录,他翻阅查找起来,反倒不如以前利索了。后来,他提拔到了新的岗位,书柜里的材料一份也没有带走,我暗自欣喜,悉数收下,逐一翻阅,且做了详细的学习笔记。多年之后,当我在这个行当里工作久了,才明白他当初该有多么深的厌倦,才会那么决绝地把半辈子的心血结晶撒手放弃,不带走一张纸和一篇文章。回想当时满屋子的材料，我的心里竟然有些说不出的恐惧。

现实有时近，有时远。我所看到的，想到的，以及我没有看到的，没有想到的，都在发生。一张纸的命运，交付给那些被写下的文字，交付给我们无关痛痒的写下。我在一张又一张的纸上写下文字，然后开始努力地忘记。我所珍视的，是隐匿在纸张背面的那些思与想。我把自己对于社会人生的麻木和无动于衷，错认成了一直在努力追求的所谓成熟，在这个过程中，我丢失了本心。

终于可以离开写材料的岗位了。去新单位报到前，我也像科长当年一样不带走一张纸片，把所有的资料都丢进碎纸机里，它们将永远从这世上消失，从我的内心消失。那是一段不堪回首的岁月，我的最美好的青春年华被消耗在这些文字的制造之中。对于这个快速变化的世界，它们缺少正常人的温度；对于那些更广大的人群，它们缺少最起码的真诚；对于我自己，它们被我写下，看不到一个人的精神主体性和人格主体性。路正长，我不想把它们继续留在行囊中，看着碎纸机里五颜六色的纸屑，我如释重负，像是获得了某种解脱。那是在一个周末，我带女儿去办公室，她伏在桌子上画画，我则一边收拾资料，一边不停地将它们往碎纸机里丢弃。女儿看到那些纸片瞬间就变成了碎末，感到很好奇。这个五岁的孩子，她拿起桌面上的一个牛皮纸大信封，让我装了满满的一包碎纸屑要带回家，我当时并没有多想，只是觉得应该满足她的这份好奇心。回家后女儿就忙碌起来，她把那些碎纸屑用胶水粘贴制作成了一朵花，认真地摆到我的书桌上。从废弃的资料，到碎纸屑，到成为一朵漂亮小花，这是一种怎样的创意？那些资料被粉碎前，因为年代久远，色泽深浅不一，现在整合体现到了一朵花上，则像不同的纹理，栩栩如生，有一种立体感。面对这样的一朵小花，我被震撼了。关于往昔的岁月，碎纸屑是一种态度，“小花”则是另一种态度，态度与态度的不同，取决于你的心里更多地装着什么。那些承载往昔记忆的资料，有着最真的投入和最深的痛。如今，在我人生道路的“转折点”，女儿以一朵小花的方式教会了我该以怎样的心态、怎样的眼光来看待自己的遭遇，对待自己所经历的每一件事情，那些书籍和现实告诉我的，都不如我的女儿所告诉我的这样深刻。那朵用碎纸屑制作的小花，看上去端庄、漂亮，让我对生活、对自我有了新的认识，所有的往事，所有的破碎记忆，其实都是可以粘制成为一朵完整的小花用来珍存的。当我看到女儿那么专注那么郑重那么快乐地用碎纸屑制作小花的时候，我被深深地打动了，那一刻，女儿就像一个小小的哲学家，解释了我的心灵世界中一直难以解决，一直没有解决好的难题，在不经意间结结实实地教育了我，让我重新思考和对待往事，对待我所走过的路，以及将要走下去的路。一朵由碎纸屑粘贴而成的花，是写在纸上的另外的文字，它出自一个稚童之手。这个稚童尚不懂得世界的逻辑，她只是以纯真的眼光打量世界,心中有一颗美和善良的种子。我从此相信,不管现实如何糟糕,人心的美好是始终存在的,正是因为它的脆弱,才越发需要我们倍加珍惜;一朵由碎纸屑粘贴而成的花,是女儿教给我的人生态度,你的心里更多地装着什么,你就会更多地发现什么。如何对待自己的过去,关涉到你将拥有怎样的未来。我无力改变这个世界,但是我可以改变我所能够改变的那一部分,哪怕是微乎其微的一部分。太多本该有的探索和实践,止步于牢骚,止步于内心的失衡。不管这个世界发生了什么,更为重要的是你做了什么,越是在有限度的空间里,那些点滴的付出和努力,越是具有格外的意义;一朵由碎纸屑粘贴而成的花,浓缩了我的所有遭遇,是理解旧日时光的一个切口。不管经历了什么,这朵花是美的,是值得欣赏和珍藏的。我是这朵花的旁观者,也是构成这朵花的一部分,它让我从此懂得认真地对待每一个日子,热爱每一个日子。

三

在长达半年的时间里,我几乎每天都从那个地方穿过,稀稀拉拉的树,还有不修边幅的草,两个小土坡,再往前走,就是一条公路了。每天上班下班,我从那里走过,脚步缓慢,从来没有留意它的样子。某一天,我在那里停了下来,环顾四周,居然是一片巨大的寂静,北面是一家工厂的围墙,南面土坡的背后是公路，东面是稀稀拉拉的几棵树，西面也是稀稀拉拉的几棵树，中间地带则是一片无人打理的草。草是荒芜的，可以看出曾经肆意的生长。我站在枯草中间，四顾茫然，心中越发空旷，突然就察觉到了这个地方居然是一个园子。一个被人忽略的园子。一个并不宽阔也不狭窄的园子。一个简简单单的园子。这个发现让我激动，我没有久留，一口气跑了出来，想告诉别人我发现了一个园子。

然而没有人。没有值得我告诉的人。他们行色匆匆，对这样的一个园子毫无兴趣。

这个园子成为我的一个心事。我每天都会如约走向它。在这个城市，它是一个被遗弃的所在，我到那里漫步，像是走在独自一个人的领地。我甚至叫不上园子里的一棵树一棵草的名字，不知道偶尔鸣叫的是一些什么鸟，我只是相信，我可以把自己交付给这个地方，我与它之间有着一脉深度的理解和体恤。

我给这个园子起了个名字，叫“弃园”。弃园里的草木是不遵循什么规则的，肆意地长，并不给人美感。我从这些潦草的成长中，感受到了一抹气息，它迥异于当下的城市开发氛围，同时又契合了我内心的情绪。我一直向往着这样的一个所在。它仅仅是一个园子，在很多人眼里甚至算不上是一个园子，只是一个被忽略被遗忘的角落。在这个角落里，有一个人在郑重地散步，心里装着一些更为阔大的事情，他想写下它们，托付给遥远的时光。唯有那些遥远的时光才会真正理解他。

每次到弃园散步，漫不经意之中都会心有所动，那些在全力以赴的匆忙和焦虑中难以解决的心灵问题，在不经意间居然逐一得到解决。除了眼前的弃园，我不知还该感谢谁？弃园空无一人。只有我。那些繁琐的物事，那些复杂的表情，还有那些汹涌的表达，都在我的漫步中变得淡远。我在丈量大地的距离，心中有比大地更为开阔的尺度。我的心里盛放着太多东西。我的心里不想盛放太多东西。走在这样一个无人介意的园子，我与世界之间保持了一段理性的距离。我在这里看到一个似曾相识的影子，或许它是多年前的那个我，我对着影子回想了很久，彼此不敢相认。没有人在意这样的一个地方，没有人在意这样散步的一个人，我像珍藏一个美好的秘密一样，小心翼翼地珍藏着弃园，每天走来又走去，一切都是漫不经心和秘不示人的。我理解弃园，相信弃园也会理解我。骚动的大地上，有这样一方小小的安宁，不需要寻找，也不必刻意经营，它在不经意间出现，这真让人感动。我不想占有任何的事物，任何的事物也不能占有我，然而弃园给了我太多异样感觉，我愿意把真实的自己交付给它，案头劳动再繁忙，也总会在累了的时候向弃园走去。

我对弃园的专有心态很快就被打破了。这里出现了一个老人，他在唱歌，面对肆意生长的草和树，他深情地唱着一支又一支的老歌。那些久违的老歌，飘在弃园的草木之间，似乎更有味道了。我偶尔放慢脚步，想要给他鼓掌，想了想，又算了，平淡地从他身边走过。在这里，理解是不需要表达的，语言也是一种打扰。我每天从他身边走过，他偶尔也会看着我，欲言又止。

很多时候，我觉得自己像是一只陀螺，被看不见的鞭子抽打着，无法停下来，即使是原地踏步，亦被速度控制和奴役。一只陀螺，在巨大的惯性里旋转，在鞭子的抽打中旋转，它看不清身边的事物，远方的世界也是与它无关的。

在弃园，我试着把所有事情都放下，把自己从惯性中解脱出来，从旋转中停下来。我试着一次次重新认识自己。散步是一种人生态度。我在弃园散步时所体味到的，远比我在其他任何场合都更多。在弃园，我成了自己的局外人，对自我的打量更清晰也更理性。当我对弃园越来越产生依赖感的时候，我被抽调到一个临时机构工作，去了一个陌生之地。不能再到弃园散步，我也成为一个放弃弃园的人。其实在这尘世中，我又何尝不是一个被放弃的人？这些年来，我的内心始终蓬勃着一股向上生长的力。面对现实，内心的力量常常是无力的，它并不能改变更多，甚至连丝毫的自我都无法改变。不管怎样，我珍视内心的力，这是活着的必须。那些所谓“外力”，就像抽打陀螺的鞭子，它们改变过我，它们只是在特定的阶段，部分地改变过我。那些所谓价值，是我一直都在警惕和拒绝的，不管外界如何变化，我必须做到的，就是永不放弃爱与尊严，对得住自己的命。

再次走向弃园，是在半年之后了。我看到的是一派轰轰烈烈的施工场面。弃园所在的地方是这座城市唯一的一块空地，是若干年前特意预留给今天的“余地”，如今这里寸土寸金，土地拍卖价格创下了历史新高，媒体宣传说这是经营城市的结果。

他们是懂得留有余地的。当“留有余地”成为一种经营策略，在那些宏大的展望里，我没有看到怕和爱。这个被规划、被忽略、被占用的园子，是我理解这座城市的一个切口，我从中看到了被林立高楼和车水马龙所遮蔽的东西，看到了在城市开发中有一条隐秘链条始终牵在少数人的手里，它关涉到更多人的日常生活和不可预知的命运。

弃园是这座城市最后一方未被开发的土地。我走在这里，心中时常升起袅袅的炊烟。置身别人的城市，我一次次把弃园当成了自己的故乡，一些与故乡相关的情绪像落英一样撒满内心，直到有一天，挖掘机进了弃园。这里变成一片沸腾的工地。每一棵树，每一株草，都是理解这方土地的一个切口。而此刻，挖掘机的巨大轰鸣，让我听不到任何来自外界的声音，我站在建筑工地，像一棵等待移植的树，成为介入这片喧闹的一个切口，我相信终会有人理解我的固守和离开。

我再也没有见到那个老人。他唱过的那些老歌，我在别处偶尔也会听到，只是永远没有了弃园里的那份感动。

不管曾在弃园如何流连忘返，我终将回归人群，我知道这世上有着太多规则和无奈，我只是一个走在人群中的步调不太协调的人，这条被众人踩得平坦的路，并不能安抚我的双脚，不能让一颗骚动的心变得安宁。我的心里一直梦想着另外的道路。

我理解这世间的变化，也固执地相信越是在迅疾的变化之中，越是该有一些不变的东西被握在手上，被藏在心里。很多消失的事物，就像时光消失在时光里，就像声音消失在声音里，就像我消失在自我里。

而在弃园，在草木消失的地方，我曾一个人静静地走过，想过。

四

去邮局取稿费的路上，我看到一帮子民工聚在十字路口的西北角打牌，若干的脑袋凑在一起，像是在争论什么事情。我走了过去，站在不远也不近的地方看着他们，从他们貌似轻松的表情里，一眼就能看出重重的心事。他们神态各异，言与行没有统一的规范，就像他们的没有保障的生活，散漫，无望，不知所终。我把他们最无奈的生活，他们最真实的遭遇，当成了“故事”，我对他们每个人的故事都感兴趣，却不舍得花费时间去倾听，更缺少足够的诚意去面对和追寻。每天，我走在路上，遇到太多的人与事，有些记住了，有些忘记了，有些不知该记住还是忘记，我就把它们交给时间来处理。每天走过的路，是柏油或水泥铺就的，看不到泥土，也谈不上所谓泥泞，这是日常生活里的路，它不属于修辞，属于具体；这样的一条路，并不给那些匆忙的脚步留下扎根的机会。

他们在打牌，嘴里叼着烟，手甩得扎实且夸张，不时地责骂对方。一把牌结束了，有人得意地笑，有人在试图争辩一些什么，站在周围低头看光景的人终于有了直起腰杆的空当，伸伸腰，换个姿势继续观战，工服上的水泥和石灰粉在阳光下散发一种说不清的色泽。这是城市的十字街头。车来车往。有个人站起身要走，跟在后面观战的人侧身想要替补上去，于是有人开始反对，说上次你欠的钱还没还上哩，不能光想赢，要输得起。众人哄笑。那人结结巴巴地辩解，说有人欠我十块钱到现在也没还呢。对方大声嚷道，一码归一码，谁欠你的钱，你跟谁要去，不能把别人欠你的钱当成欠我们钱的理由。那人不吭声了，尴尬地站在了原地，继续充当一个观战的人。

也是在这个十字路口的这个角落，我曾遇到一个弹着吉他唱歌的年轻人，他没留长发，也没有大胡子，外表很沉静也很单薄，一个人边弹边唱，很投入，脸上看不到演艺圈常见的那种自我陶醉状。他清汤寡水一样地唱着，身边聚拢了一些人，然后散开，然后再聚拢，再散开。他兀自唱着，我站在旁边听了很久，心里满是感动。接下来的几天，我每天晚上都会走到那里，像是奔赴一个约定，站在人群里静静地听他唱歌。我相信他是有梦想的。他一直待在那里，固定的时间，固定的地点，一个人。终于有一天，我走过去，他曾在的地方，再也见不到他的影子，徒留一片巨大的空旷。也许，他走在追梦的路上，这个城市仅仅是他的一程，他只是这个城市的一个过客。“过客感”，对我来说已是若干年前的状态了，那是一些流浪的日子，生活和工作都没有着落，每一天过得都像刀刻一样，疼痛，且不容懈怠。近年这种感觉变得遥远、陌生，我才意识到我对如今的生活其实有着暗自的满意和满足，甚至淡忘了我来自哪里想要去往哪里，我把此刻的状态认作是我想要的生活，无所谓激情也无所谓平淡，仅仅是一份安放身心的生活而已。

城里的柏油路看起来坚硬、光洁，它时常像拉链一样被拉开，被闭合，反反复复，无休无止。这让我想起乡下的田野，每年总被犁铧开出一道道新鲜的伤口，农民在大地的伤口里播种，劳作，过日子，一年复一年，一辈又一辈。

女儿上幼儿园时，老师曾布置过一项“作业”，让孩子们观察种子的发芽和成长过程。我从乡下老家带回几粒黄瓜种子，在阳台上备好了一个大花盆，然后到小区里转了两圈，想要找点泥土回来，结果空手而归。这个事于是搁置起来。后来，母亲从一处建筑工地上发现了新鲜泥土，她用双手捧进编织袋里，背在肩上，就像背了半袋子粮食，蹒跚地回家，上楼。女儿在花盆里播下种子，每天浇水，松土，有一天突然欢呼雀跃起来，种子发芽了。看着嫩芽破土而出，一天天长高，看着种子赖以成长的那一盆泥土，我想到母亲在这个城市寻找泥土的情景：走过了一段很长的柏油路，她从建筑工地上背回来半袋子新鲜泥土，在某栋楼房的阳台上再造了一个小小的春天。观察一粒种子的成长，女儿为之激动了好多日子，一直生活在钢筋混凝土的丛林，她的心灵世界还没有关于广阔田野的认知，也没有对于土地的真切理解。

这是我所看到的和理解的城市。最日常的泥土，距离我们的日常生活越来越远。不接地气的成长，根在哪里？没有根的成长，明天将是什么样子？

五

乡村早已不再是记忆中的乡村了。游走在胶东乡村，我所看到的，我所想到的，我所期望的，其实仅仅是我一个人的事情，与乡村里的人没有太大关系。他们已经习惯了被想象和被表达。

童年记忆里的村庄，大约都是有槐树的。如今我走过的一个又一个村庄，极少看见槐树，偶尔遇到几株，它们的苍老样子总让我的内心变得纠结和难过。此刻，眼前的这棵国槐，表情慈祥、落寞，树干大面积地枯朽，以至于形成了一个窟窿，村人用混凝土把窟窿填充起来。混凝土作为建筑物的构成元素，已经成为这棵树的生命血肉的一部分。我无法想象，被混凝土固化的树身该如何保持生命的鲜活？树冠覆在房顶，树下房屋是青色的，房侧有石碾，远看近看都很好，正是我想要寻找的那种感觉。可惜的是，在石碾的旁边立起了一块巨大石碑，上面印有

“走进新时代”的图画，两侧是投资建碑者的亲笔题词，下面注有一行小字：“为美化村容村貌，在××与××的提议下，×××投资修建此碑。”

所谓美化环境之举，恰恰构成了对环境的破坏。我端起相机，想要选取一个可以绕避石碑的角度，拍摄国槐和石碾。挪来挪去，最终还是失望地收起相机，那个花里胡哨的石碑，总是不容置辩地充当了镜头里的背景。

一个老人在劈柴。

我打听这棵国槐的年龄，老人说自从有这个村子就有了这棵树。再问这个村子有多少年了，老人说不知道，继续低头劈柴。

一棵树与一个村庄之间有着怎样的关联，村人似乎并不在意。他们住在自己的村子里，把全部力气都用到了过日子上，生活对他们来说是具体的，需要全力以赴去应对。

老人说这棵槐树是有灵性的，从祖辈开始，所有枯枝都是掉落到了屋后的胡同里，从来没有砸过屋顶，没有打碎一片瓦。现在树老了，房屋也快要被开矿震塌了。这碑，是开矿人建的，字也是开矿人写的……

我用相机拍下了树干的局部，那块被混凝土填充起来的地方，像是生命中的一个补丁。“现在有啥好拍的？等开花了再拍多好。”老人自问自答。那一刻，我从眼前的树想到了阳台上的喜鹊，以审美眼光打量现实问题，这让我感到羞愧。

看着这棵树。一直看着这棵树，看着树身上的水泥补丁，我突然有一种想要落泪的冲动。我转过了身，远山苍茫。

我曾在多篇文章中都写到了大槐树，我承认我有一个解不开的情结，一棵大槐树的遭遇，更像是这个时代里关于村庄的隐喻。一棵树，守望在村头，见证了村庄的历史；可是，没有人在意一棵树的衰老。节假日从城里返乡的孩子们，聚在树底下玩耍，父母则在旁边不时地提醒他们当心头顶掉下来的枯枝。从大槐树的颓然表情，我看到了更多。她眺望远方，根深深地扎在泥土里。她的根，是理解这个村庄的一个切口，这里曾有过最热烈的对于生命的爱，以及对天空、对白云、对远方的憧憬，她以扎根的方式表达这份爱和憧憬。而今，年轻人大多去了城里，村庄越发萧条，她也越来越孤寂了。一棵树，她的生命是被忽略的；一棵树，她的存在是被忽略的；一棵树，她的成长历史是被忽略的。而一棵树所见证的历史，终将腐化成泥，参与新一轮的成长。

关于这个庞大的世界，我并不关心更多，我只是循着某个切口看到我所看到的，理解我所理解的，直到有一天我与这个世界成为同一个事物。我对生活的看见和理解，是从一个个具体的切口开始的，更准确地说，是从一个个被忽略的，不被察觉的切口开始的。在很多人眼里，“切口”是伤口的代名词，在我这里它只是一种理解世界的方式，并且伴随着最真实的痛感。是疼痛，让理解变得深刻。这个世界是由若干碎片组成的，可我总习惯于把它视作一个整体，每个切口都是通往另一个世界的窗口，让我看到更多微小或宽广的事物。

从一滴水里，可以看到整条河流。

一条河流得太远太久，以至于我们都成了泡沫。

鱼的拼力一跃，成为观察和理解一条河的切口。站在时光彼岸，我看到一条鱼跃出水面，像一把被抽出的刀，斩向流水。这是来自河流内部的力，它将水面割破，泄露了一条河想要交付远方的秘密。

一支柳笛

一

我是一支柳笛。我还记得，在我成为柳笛之前，刚从柳树身上被折断的那一刻，疼痛，眩晕，夹杂着从一种形态走向另一种形态的隐约顾盼。春风里，有一个人向我伸出了手，于是我从若干柳条中被分离出来，我的生命成为具体的一截。那个人把我捧在两手间，反复揉搓，直到骨肉脱离，他把骨头抽了出去，用拇指和食指捏紧我的唇，用刀片刮掉绿皮层，露出新鲜的汁液，才含到嘴边开始吹奏。笛声婉转、悠扬，像是一个意味深长的安慰。那个时刻我是多么激动，原本以为走过漫漫冬夜，我有幸参与了他们对春天的表达，后来我才明白，我只不过是若干柳笛中的一个，他们在踏青游玩的过程中临时动了念头，随手把我折断，制作了这个柳笛。我的命运在不经意间被别人彻底改变，像他们所期望的那样发出悠扬的声音。当我还是一支柳条随风飘扬，不曾料想我的体内竟然藏有这样一种声音，整个漫长的冬天，面对寒冷，面对荒凉，我是沉默的，当我终于开口，发出的声音居然如此优美和婉转。在有些时候，我觉得优美是不道德的；在另一些时候，我又觉得它是生命中的一份超脱和尊严，面对春天，应该更多记起的，是春天之外的季节，是季节之外的日子。我不知道哪个我才是真实的我。天空下，我与另一个我不敢相认。

他们似乎从来就不曾认识我。他们就像已经认识我很久很久一样。后来我才知道，他们是认识作为柳条的“我”。他们根本就不可能了解被折断的这一截柳条的痛。

最悲哀的是，我的骨头被他们抽走了。我的体内空空荡荡，我的空空荡荡的身体被声音占领。倘若我的皮和骨头依然血肉相连，就不可能被声音穿过。从一种形态转向另一种形态，我别无选择，对明天一无所知。我的生命就这样被决定了。在空旷的山野，我的声音有多么孤单，他们并不懂得。

他们对着我吹奏，在河边，在柳树下，在空旷的山野。柳絮飞扬。我不知道，柳树听到这个声音会有什么感想？我不知道，这个声音是我发出来的，还是他们的声音通过我传递出来的？我的身体被声音穿过，成为一个莫名其妙的声源。春天的萌动里，柳絮在风中追逐自己的梦想，它们并不知道应该落定何处。当天空飘满柳絮，这个世界变得如此之轻。我不是一个通报春天的信使。然而他们说是。他们赋予了我这样的意义，我对我的意义一无所知。后来,从柳絮的纷飞中,我看到一棵柳树与人类之间的某种共同的东西,就是轻。很长一段时间,我不愿接受这个轻的现实;这份来自现实的轻,让我的心如此沉重。作为柳条,我曾是下垂的,像一株成熟的麦子。那群孩子在柳树下大声背诵与柳树相关的古诗,听来似曾相识,我对我的过去充满好奇,我从我的现在看不到丝毫过去的影子。我被一种莫名的力改变着,一种看不见也说不出的力,一直发生在我的身上。我感觉到了,却说不出。

然而春天是短暂的。在我还没有明白春天是怎么回事的时候,春天就结束了;在春天还没有结束的地方,我的作为柳笛的生命已经提前被结束,或者更坦白地说,我的生命其实只有那么短暂的一天,在他们踏青郊游的时候,我被反复地吹响,等他们回到日常生活,我就被搁置在抽屉里。我被关进抽屉,很快就被遗忘了。我并不能主宰自己的生命。我为那些婉转悠扬的声音而羞愧。当我还是一枝柳条的时候,我知道那些漫长的冬天是怎么度过的,这个短暂的春天付出了怎样的代价,走过多么遥迢的距离才来到这里。我不是只爱慕春天。当我按照别人的方式述说春天,春天是与我无关的。其实我更懂得的,是另外的季节。对那些另外的季节,另外的人,我的心里怀着更深的牵挂。

我在河边默默生长了若干年。河水干涸,柳树的根曾经是多么的绝望。整个河道全是垃圾。我寄望于一场雨的降临。一场大雨过后，河里有水开始流动，飘满七彩的垃圾。那年冬天，河边的田地也被征用了，一个人把自己吊在柳树下，像一根孤孤单单的柳条垂在那里。柳树下堆满了哭喊声。再后来，有人在柳树下谈论这个事件，那是我听到的另一种声音，完全与心灵无关。

柳树边的那片土地被征用以后，盖起了楼房。柳树的枝杈间安装了一个喇叭，每天都在不知疲倦地喊话，不知道究竟喊了些什么，只知道每天都在喊，喊。

我跟着那个陌生的人，走过闹市，走过人群，走过一片喧哗声。他在舞台上表演，台下掌声雷动，我被这样的声势险些吓坏了。我的声音被赋予春天的色彩，其实这世上有太多与春天相关的事物，为什么他们偏偏选择了我？我为那个陌生人赢得了掌声，他把奖杯摆到书架上，却把我抛进抽屉。我是多么希望在夜深的时候他会想起我，吹奏我，让我响在别人的梦之外。

抽屉里的生活，梦想该从哪里起步，到哪里结束？我醒着，因为他们都在沉睡。我没有梦。我的眼前只有漆黑一片。

关于春天，关于季节，我有话要说。你们听到的，其实仅仅是他们的声音。我的喑哑里，有对刚刚过去的那个冬天的眷念。当我从柳树身上割裂下来被制成柳笛的时候，我并没有来得及看一眼柳树身上的伤口。我的被选择，在柳树身上留下又一道创伤，她刚从冬天走过，本来就已伤痕累累。柳笛是柳条的另一种存在形式；柳条是柳树的一部分。我很短，我来自一棵树。

我在不发声的时候，喜欢倾听别的声音。我懂得那些声音：比如蝙蝠飞行时发出超声波，确定障碍物在哪里；比如水母通过空气和波浪摩擦的声音，判断风暴即将来临；比如大象用脚踩踏地面发出的声音，在很远处的同类就能感觉到……作为一支柳笛，我对所有来自生命本能的声音，始终怀着一份尊重。

那个曾经制造过我、拥有过我和丢弃过我的人，把对我的这般讲述在酒桌上复述给他的朋友听，有的人听懂了，有的人并没有听懂，他们举起酒杯，一杯一杯复一杯。他们充满好奇，是陌生的好奇。走出餐馆，夜色中的校园，似有情侣的影子缓慢飘过。这是北京的春夜。在湖边找到一棵柳树，他折下一截柳条，乘着朦胧醉意开始现场表演，他把制作柳笛的整个过程当作了一场表演，几个脑袋围拢过来，几双眼睛在夜色中闪着光，等待奇迹发生。昏暗的路灯下，他低头操作，当他总算把柳条的骨头抽离出来，柳条不小心破损了，无法发出任何声音。这是一次失败的试验。他说这次失败的试验虽然没有吹奏出那个声音，起码让另外的两个南方朋友明白了柳笛是怎么来的。

我在抽屉里，与一些铁器放在一起。我的体内涌动着金属的声音。每天被这些声音怂恿和激动着，我寸步难移，除了反思，已不能去做任何事情。我在一个抽屉里的反思，对于一座屋子会有什么意义？对于这个屋子之外的广大世界能有什么意义？自从我以婉转的声音宣告春天已经降临，这么多日子过去了，我不知道外面的世界已经变成什么样子，不知道季节已经更替到了哪个环节,我生活在抽屉里,偶尔会看到一丝灯光从抽屉的缝隙泄露进来,我已经忘记阳光的模样,把灯光错认成了阳光。

终于有一天,我腐烂了。终于有一天,房屋的主人整理抽屉时发现了我,他用抹布将我扫向垃圾桶的时候,犹豫了片刻,他在努力地回想:这是一个什么物什?来自哪里?他显然已经记不起我的前身,忘记了曾在某个春天,我经由他的手变成一只柳笛,发出婉转的声音,给他带来短暂的欢愉。那些欢愉并没有真正留驻在他的心头,就像我,并没有真正进入他的内心;就像那个春天,并没有刻骨铭心的事情值得他怀恋。作为一支柳笛,我的更多的日子其实是属于沉默的,没有人相信我深爱着我的这份沉默。是他,让我变成现在的样子。他早已忘记了我。他的心里装着更多看似重要的事物, 并没有给我留下一个狭小的角落。我只是传递过他的声音,从来不曾发出属于自己的声音。我注定属于抽屉,属于被遗忘和被遗弃。即使腐烂成泥,我也会永远铭记我的前身,作为柳条的存在,作为柳树的存在,作为大地的存在,以及,此后作为泥土的一部分的存在。

这样的一份遭遇,让我明白了什么才是一生一世,什么才是一生一世中最重要和最美好的事物。我已腐化成泥,开始新一轮的存在与成长。我相信生命是神秘的,不管遭遇什么,它永远生生不息。在新一轮的成长里,我知道我该以什么样的姿态面对自己,该怎样表达对这个世界的理解和爱。我会告诉所有人，我曾走过的一切，看过的一切，以及试图说出的一切，它们是一粒尘土的翅膀，是一缕扎根的烟。

二

那个难眠之夜，柳笛并没有被人吹奏，却兀自响了起来，它不配合春天，似乎也无意于春天之外的其他季节，它在漫漫长夜里响起，孤绝且凄冷。我推开窗，这是北京的午夜。夜色是往下沉的。不曾融入这个夜晚，我只是站在这里，看着窗外的黑暗在呼啸，一抹小小烛焰，在心头不停地跃动，这个夜晚变得欲语还休。有些东西不需要被说出口，它们存在着，一经言说就会变成另一种存在。我的内心更愿收藏那些欲语还休的表情。在很多时候，我其实就是那支柳笛，我的境遇与它何其相仿，它说出了我的心中所想，也说出了一些我没有想到的事物。

某位著名诗人说他有一天突然发现开口说话是件无聊透顶的事，因为周围没有人能听懂他说的话。听到这位诗人在公开场合的如是感慨，我是有些愕然的。一个农民的话，除了大地和庄稼，其实也是没有多少人真正听得懂的，但这丝毫不影响他们对生活的热爱，对劳动的坚持，他们在沉默和说话中度过生活。说什么话，怎样说话，其实也是一个人生观的问题。词语固然可以掩饰或遮蔽诸多问题， 但从词语被拼接的缝隙里，完全可以看出一个人对于世道人心的真实态度。

记得在那家外企工作时，办公场所被玻璃分割成了若干独立的空间，我时常坐在桌前愣神，看着身边玻璃隔断里一张张打电话的表情，丝毫听不到他们的声音。他们的声音已经传送到了千里之外，近在咫尺却无法听到。这种“隔开”，是理解现代性的一个切口。

读过一篇文章，写的是一个年轻画家画了一幅瀑布，老师觉得遗憾之处是没有画出瀑布的声音。年轻画家反复琢磨，不得其解。老师提起笔，在瀑布底下的水潭边勾画了两个人，其中一个人双手拢音，另一个人则在侧耳细听。寥寥数笔，巨大的声音在纸面轰然而出。这其中，有着对于“融入”的独特理解。

“隔开”与“融入”，这是我很长时间一直在思考的两个关键词。我不曾想过，它们其实是与声音有关的。当声音与声音相遇，将会产生一种什么声音？抑或消失在怎样的巨大沉默里？当这样的追问成为一种声音，又该如何看待它？众声喧哗中，我曾想抓住和剖析每一种声音，从声音的骨头里找寻这个世上最稀缺的元素。

有一种声音是无声的。

海上，船的身后拖着一道长长的伤口，宛若一个无法抹去的标识。当它抵达彼岸，大海默记了一路驶来的伤痛。

当宏大变得不可信与不可及，日常成为一种安慰。厨房里炖汤的咕嘟声不时传来，温柔，敦厚，像是一个慢慢悠悠的人在构思故事，各种情节涌动胸中，并不急于讲述，只是一直酝酿着，酝酿着。妻子炖汤的时候，我在书房与客厅之间来回踱步，偶尔驻足，听炖锅里发出的咕嘟声，觉得那声音是有味道和有态度的。

三

一只公鸡成为大家关注的焦点。那是一只从乡下被辗转送到了城里的公鸡，它并没有成为餐桌上的美味佳肴，而是在孩童的央求下，被城里人喂养在阁楼的阳台上。这只移居城市的公鸡，依然保持了在乡下时恪尽职守的美德，每天早晨，天刚蒙蒙亮，它就在阁楼上认真地打鸣报晓。这个事情，很快被反映到小区物业那里，有居民认为那只公鸡影响了他们的休息。后来，有人拨打电视台的热线电话，投诉公鸡打鸣是一种噪音，严重干扰居民的正常休息。于是记者做了现场采访，电视台播放了专题报道，越来越多的人开始关注这个事件，围绕如何处置那只在城市打鸣的公鸡，一时间争论不休。

雄鸡报晓，本是天经地义的事情，那些在乡下听惯了鸡鸣的人，移居到城里之后，就不再容忍同样的声音。同样的公鸡，同样的人，仅仅是时间和地点发生改变，态度截然不同。在他们心目中，闹钟更能精准地提供唤醒服务，完全可以取代一只公鸡。

那只公鸡，因为民众的声讨，因为电视台的报道，最后城管部门直接介入,以扰乱城市环境的罪名将其捕杀。住宅小区恢复了往常的安静。那个孩童惊恐伤心的哭声,却一直留在小区上空,他不明白那些穿制服的叔叔为什么要杀死一只美丽的大公鸡。

安徒生在童话《夜莺》中,讲述了一个关于声音的故事:在某些人的精心安排下,人造夜莺与夜莺开始同台演唱,它们的演唱竟然被誉为美妙的"双重奏"。夜莺来自生命的歌声,并没有真正触动那些麻木的灵魂,他们把从来都格外吝啬的赞美,慷慨地给予人造夜莺。他们知道它不是真的,但它"逼真",在他们眼里"逼真"比"真"更重要。乐师是这样评价真、假夜莺的:"你们永远也猜不到一只真的夜莺会唱出什么歌来;然而在这只人造夜莺的身体里,一切早就安排好了。要它唱什么曲调,它就唱什么曲调!你可以说出一个道理来,可以把它拆开,可以看出它的内部活动,它的'华尔兹舞曲'是从什么地方起,会到什么地方止,会有什么别的东西接上来。"

众人异口同声地说:"这正是我们的要求。"

歌唱也是一种言说方式。他们对人造夜莺的喜爱,是因为那是一种可以预料可以设置可以控制的声音,是一种让人放心所以也让人舒心的声音。

关于声音的记忆,还有一幕场景让我难以忘却。是在一个冬日的早晨,机关大院里人头攒动,大家手执铁锹在认真地铲雪。铁锹与地面碰撞发出的刺耳声,在那个冬日清晨响彻整个机关大院。我也混迹在铲雪队伍里，我觉得手中铁锹铲过的，不是冰雪，而是冰洁的记忆。我低头默默地铲着，一会儿居然找到一种节奏，觉得这刺耳的声音变得动听起来，像一支无法形容的大合唱。到了上班时间，一辆挖掘机进入机关大院，轰隆隆地开始铲雪。大院里从来没有过这么巨大的声音，铲雪的人撤回了办公室，在轰隆隆的机器声里开始办公。清运垃圾的环卫车也进了机关大院，一车又一车的雪被运走。下雪是美的，洁白的雪花飘落大地，当人的脚步踏雪而过，雪开始变得污浊。城市是容不下雪的。人们在欣赏了下雪的过程之后，就开始动手把雪运送到郊外，阳光下，他们已经没有耐心等待雪的融化。机关大院很快就被清扫得干干净净，就像从来没有下过雪一样。我站在十一楼的窗前，把目光投向大院以外，看到的却是另一番景象：厚厚的积雪，泥泞的道路，还有倾着身子艰难走路的人。这世界一片洁白，我听不到窗外的任何声音。在开着暖气的房间里，我回想久远的童年，耳边响起堆雪人的欢笑声，卖糖葫芦的吆喝声，还有来自铁匠铺里的声音。那天我们在乡村遇到一个铁匠，他弓腰打铁的动作，完全是我童年记忆中的样子。他机械一样不停地举起手中的铁锤，砸向一截烧得通红的铁，发出叮当的声音。这声音，像是在铁的内部被转化之后，再传达出来的一种声音。一截被烧红的铁，一截变形的铁，当它发出一种声音后，被迅速放进冷水里，凉却下来。一截铁与一段声音之间的关联，在一个孩子的心灵中产生，不管这个世界发生了什么，他一直记住了这种关联，铁匠身后的炉火成为他的童年记忆的不变背景。如今这样的场景已经很难见到，这样的声音几乎完全消失了。我在胶东乡村游走，潜意识里一直在寻找一个符合我的童年记忆的铁匠。这个忽冷忽热的世界，我不知道该如何应对，从铁匠对待一截铁的态度，我受到某种启悟。一个铁匠，懂得一截铁藏在体内的温度，懂得如何在冷热之间成全一截铁的梦想。我不曾想过一截坚硬的铁被塑形的过程，对于铁与铁匠分别意味着什么，我只是记住了那些叮叮当当的声音。我紧捂双耳，却无法阻绝它们，在众多声音中，来自铁匠铺的声音留了下来，一直回响在我的心里。

如今，具有童年属性的声音越来越少，取而代之的是另一些嘈杂和喧闹，它们没有来由，亦去处不明。

声音是有骨头的。在现代文学馆，我站在鲁迅先生铜像前，他的忧愤表情传达出的是骨头的气息，让人有一种想哭的冲动。先生此刻的呐喊，是无声的。这种无声的呐喊在我的内心产生的巨大回声，不停地撞击我与世界之间的那道墙壁。当历史事件撞到一个人的心灵内壁所产生的回声，也许比声音本身更真实也更珍贵。

在所有声音中，我最珍视的是心灵的回声。通过心灵的回声，可以为整个时代把脉。

发声，论辩，直到事实渐渐浮出水面，也许这是最好的出路。可是现实状况是，我们争论到最后常常忘记了为什么争论，被一种莫名的力牵引着，陷入一个意想不到的陌生之地。那些围绕会议桌的面孔，让我总想打开门，看看会议室外面被讨论的世界究竟是什么样子。

那些发生在眼皮底下的事情，被他们略过了。

众声喧哗中，反抗遮蔽抵抗湮没的方式，就该是另一种说话，比如呐喊或歌唱吗？

我不想成为一个盲目的声音制造者。这个世界已经如此喧嚣，大家都在忙着说话，借助说话引起他人注意。我更信任在众声言说中默默转身前行的人，他只留下一个背影给这个世界。

我们在说话的时候，世界并不是一个倾听者。

我心苍茫。人群中，我依然面带微笑，试着与每个人说话。被抽走了骨头的声音，还是声音吗？它如何传递，并且打动更多的心灵？

声音也是会扎根的。当附着在声音上的水与土都被清理掉了，这样的声音缺少最起码的环境，生长变成一件艰难的事情。“在一切我们判定为噪音的东西之外，总还有另外一种声音预告一切声音的终结。当我勉强听到自己胃和心脏的声音时，黑暗在呼啸。”（费尔南多·佩索阿）

是的，黑暗在呼啸。我看到了声音与黑暗之间的隐秘关联。在声音之外，我看到黑暗与另一个自己相遇。

四

护林人起初觉得这个职业可以天天与大自然相伴，听万物天籁之声，过一种与世隔绝的浪漫生活。护林人走进山林，很快就陷入孤寂，他待在空无一人的山里，对着一棵又一棵的树，把会背诵的古诗背了无数遍。终于有一天他看见一个人，就拼命地追赶过去，那人见状，吓得撒腿就跑。他一直在后面追，那人则像逃命一般狂奔。巨大的山林里，他最终追上了那个陌生人，他的理由让人诧异，他就是想追上他，与他说说话，他已经很久没有与人说话了。这是一个多么孤独的人。

在地坛。空空荡荡。偶有行人走过，路和树又陷入空空荡荡之中。我不想说话。在每一条路上，在每一棵树下，都有他的影子。我是寻找影子的人。

地坛与城市街道近在咫尺。我惊奇于这里的安静。当年的他坐在轮椅上从这里走过，一定也曾这样注视过地坛之外的那条公路。那条路将会通往哪里，也许他曾这样问过。他是坐在轮椅上的人。坐在轮椅上的他，对来路与去向更为明晰。

在鲁院学习的日子里，我去的第一个地方就是地坛。那天我们一伙人结伴而去，回来后，一直想单独再去一次，想在地坛里静静地坐一个下午。早在若干年前，我曾去过一次，那时我刚开始写作，还不懂他。后来我走上文学创作之路，才渐渐理解了他。他去世的时候，有媒体采访，我写下这样一段话：

史铁生去世后,我们更加认识到他的存在价值,那么多人自发地以不同方式怀念他、追思他。在当今社会,一个作家的离世,能够牵动这么多人的心,引起这么巨大的社会反响,应该说是非常少见的。我们怀念史铁生,不仅仅是因为他写下了优秀的文学作品,更因为他有着健全和高贵的人格,对于一个当代作家来说,这尤其是稀缺和令人敬重的。他坐在轮椅上,但他的人格是站立的;他无法走进更多的现实生活,但他的精神世界有着常人难以抵达的深度和广度。他是一面镜子,照出了我们的灵魂在当下现实中的残缺,我们对他的怀念,其实也是一种对自我的反省与追问。史铁生并没有超脱于这个世界之外,他始终活在俗世中,领受命运的不公,遭受常人难以想象的苦痛。但他并不抱怨,始终对这个世界怀着爱意,是一个精神明亮的人,一个内省的人,一个干净的人,一个有力量的人。他的写作,在很大程度上为文学挽回了尊严。

地坛如今成了百姓散步健身的所在。在日常的脚步声中,我听到一个声音。他说给自己听,与灵魂对话,他的喃喃自语成为太多人愿意倾听的声音,它们穿越时空,终将留下来。

并不是每个人都可以听到这种声音。

一个人内心的安静,并不是因为对声音的拒绝和逃避,而在于对不同声音的包容与宽容。喧嚣不但没能改变他,反而让他更加认清了自己,更加坚定了自己,让他在众多声音中发出自己的声音。一个可以从漩涡中撤出身来的人,他的体内一定藏着比漩涡更大的力;一个愿意舍弃并且懂得选择的人,往往他的丰富是别人难以理解的。

我一直以为,一个成熟男人的内涵是通过他的沉默来体现的。之所以产生这种想法,大约源于对语言秘密的探究与熟知。关于语言,可以装扮成各种样式被说出口,或温柔,或冷峻,或慷慨激昂,或理性严谨……很多去往人心、打动人心的语言,其实并非来自人心。它们的产生,更多的是为了携带某些"东西"抵达某个地方。那些看似作为附属品的"东西",恰恰是语言所难以言说的物事,也是语言的真正动机和目的所在。因为对语言秘密的洞察,很多时候我宁愿选择沉默。有一种声音,是无声的。众声喧哗之中,我听到了它们,听到那些同行者的安静呼吸和心跳。

每天的午夜,我坐在书房里,耳边总会飘起一抹声音,像是大海的呼吸,又像是松针落地,隐约可以听得到,但还不至于构成一种打扰。那声音渐渐汇集着,越来越密,我分不清它们究竟来自何方,将要去往哪里。那些若有若无的声音,成为我睡梦的底色,总会随着晨曦的降临渐渐淡去。因为,一些更为明确和巨大的声音开始碰撞起来,那些安静的呼吸很快就被淹没了。

然而我记住了那丝微弱的声音,它让我常常听不到窗外的轰鸣。

五

去国家大剧院观看一场经典歌剧音乐会,从主持人到演唱者都不用麦克风,完全的原声。因为是小剧场,我坐在台下,听得真切,这样的不通过麦克风传达出来的原声竟然让我有些不适,甚至觉得失真。在单位,我每天泡在会议室里,活在麦克风传达出的声音中,内心的参照出了问题。小剧场里这种毫不修饰的声音唤醒了我的心灵中对麻木早就习以为常的那一部分。原声是美的,然而那是一种久远的美,一种来自童年的美,一种因为过度真实而让我感到不适的美。置身在原声场域,最真实的声音竟然让我产生了最不真实的感觉, 有一种想从此留下来,同时又想立即逃出去的感觉。我无所适从。

幼年时,我曾把一张纸卷成筒状,对着天空喊,对着人群喊,对着旷野喊。我兴奋于自己的声音被筒状的纸改变成了另一种声音, 这个声音让年幼的我对世界产生一种莫名的成就感。后来,我越来越习惯了这种被传递的变形的声音。

在科技馆,我把脑袋置于一个巨大的玻璃罩里,听到一种模拟的胎儿在母腹中的声音,咚咚咚,或急骤,或舒缓,那么真实和体贴的声音,来自子宫的声音,响彻在我的耳边。这是高科技第一次彻底征服我,让我回到生命原点,体验生命在原点的声音。子宫中的声音，我们不再有记忆的声音，可是我一直相信一个人在子宫听到的声音，一定以某种方式在记忆里储留下来，并且会在以后的生命中以某种方式表达出来。那是生命最原初的对声音的理解，也是一个生命对声音的最诚实的“贯彻”。那个声音一直响彻在心里，却没有被说出口，更不期待别人的所谓理解，它只遵从心灵的法则，以至于当我借助高科技听到这样的仿真声音，虽然无法确切地翻译它、转述它，但在瞬间我就听懂了，一种语言无法说出的懂，那一刻我流下了眼泪。

蚕与茧

我家是养过蚕的，那时只觉得累，一种刻骨铭心的累。这种感觉贯穿了我的整个少年时代，一直绵延到今天，成为记忆的底色。

蚕吃老食的日子，需要我们天天靠在桑地里摘桑叶，母亲提前备好一天的饭，饿了就在桑地里胡乱吃点。桑叶是需要一片一片采摘的，我们把自制的顶针式刀片戴在手指上，机械一样摘桑叶，从天亮忙到天黑，才能勉强摘够当晚的蚕食。母亲一遍遍地把桑叶撒到蚕匾上，房间里像是下起了小雨，沙沙作响。

父母起初并不懂得养蚕，村里号召养蚕致富，他们就积极响应了。买了一块桑田，种上桑树，边养边学，渐渐摸索出了一点门道。记得蚕种是论“张”的，母亲把几张蚕种取回家的那天，颇有仪式感，家里的卫生提前打扫得干干净净，房间也用石灰浆消了毒。

母亲小心翼翼把蚕种放到炕头上，不让我们凑近看，不许我们大声说话，怕吵了蚕种。炕头的温度也是试了又试，要热，又不能太热。等到出蚕苗了，看上去就像一群蠢蠢欲动的小蚂蚁，让人心里好奇又激动，我屏住呼吸，不敢喘气，生怕嘴里呼出的气流把蚕苗给吹飞了。母亲只让我们看几眼，就再也不让随便看了。

蚕吃七天，就眠一次。睡眠以后，就不吃食了，醒来再吃，七天以后再眠。如此循环，大约三次，三眠之后就开始吃老食了。

“老食”是村人的说法，是指最后的吃食，也指食量很大。一层桑叶撒到蚕匾上，很快就被吃空了。这个时候母亲喜忧参半，喜的是终于快要忙到头了，忧的是蚕食量太大，全家人都靠在桑地里摘桑叶，也摘不够蚕吃的。

在我的记忆里，走进桑地是很纠结的一件事，我不怕劳动，不怕累和苦，怕的是摘桑叶这种活计太机械太单调，漫无尽头，无人诉说。现在回想那段时光，现实越是苦闷，内心的阳光和梦想就越是强烈。就像我的老实巴交的父母，无论生活多么贫苦，从未怀疑和放弃过劳动，他们相信唯有劳动，才可能让日子过得好一点。

摘不够蚕吃的桑叶是一回事，田里的桑叶不够蚕吃是另一回事，那是最让人担忧的。到了吃老食的日子，最担心自家的桑叶被人偷摘了。我那时年少，对偷桑叶的行为很不理解，摘桑叶那么累那么苦，竟然有人愿意偷偷摸摸地自讨苦吃。

直到有一次，我家的桑叶因为被别人偷摘了，不够自家蚕吃的，而距离上簇结茧还有几天，母亲一夜之间就哑了嗓子，说不出话来。那次养的蚕，因为桑叶不够吃，结茧的质量不达标，卖的价格是全村最低的。母亲为此难过了好多日子。

从那以后再看到蚕茧，我会长长地舒一口气，同时又有一份忧虑涌上心头，担心卖不上一个好价格。为写这篇文章，我打电话给母亲，求证一些细节，她说养蚕一个多月的时间就可以见到钱了。时隔三十多年，谈起养蚕，母亲最深的记忆是赚钱，当年全家人的生活，还有我和弟弟的学费，都指望卖茧的钱。

吃过老食，蚕渐渐就不再吃了，开始结茧。对“作茧自缚”这个词，我一直是不理解的。怎么会说是自缚呢？即使撇开“春蚕到死丝方尽”之类的意义，那也是成长的一个过程，是作为蚕的最后归宿。是我们太放任自己了，缺少“自缚”的意识。那些成大事者，都是勇于“自缚”的，对自己的所为与所取，都有所限定，才不至于过度分散精力，才可能集聚心力，成就某事。

结茧之前的准备工作，可谓繁重。最忙碌的是上簇，房间显然是不够用的，爸爸得提前几天在院子里扎起棚架，到时院子里都会挂满蚕簇。最担心的是遇到下雨，蚕如果受了凉，很容易患病，在卖茧子的时候会被挑剔，价格降下来很多。记得有一次雨下得太大，架子倒了，雨淋湿了方格簇，全家人在雨中就像救火一样抢救蚕簇，邻居和亲戚也都赶过来帮忙。

成茧后开始摘簇，看得出父母是很愉悦的，辛苦了这么多日子，摘簇就像摘果子一样，怎能不愉悦呢？我只是在放假和放学的时候帮忙摘桑叶，并没有参与养蚕的整个过程，所以也就没有父母那样的收获感，难以真正体味父母当时的心境。我只觉得如释重负，终于可以歇一歇了。

然而接下来的卖茧，又是让人忧虑的。蚕茧站的技术人员从我们的蚕茧里抽取样品，然后割丝，根据丝的比重来定价。母亲说，二十四个丝，大约每斤七块钱，一次可卖七十斤左右，收入五百块钱。

在二十世纪九十年代初期，五百块钱不是一个小数目，那是全家人一年的生活指望。父母养蚕的唯一动力，就是赚钱；每次养蚕是否成功，唯一的标准就是看蚕茧卖价如何。

在我的记忆里，那时与父母一起推车去镇上卖茧，大多是神态沮丧地走回来。我们都不说话，蚕茧的质量没有被蚕茧站的人看好，他们没有给出一个好的价格，而父母又不能不卖，明知吃亏，明知不公平，也只能认了。

我们所能做到的，仅仅是参与了从蚕到茧的成长过程，至于后续的蚕丝加工制作，不在我们的经验范围内，也不是我们所关注的。我们把蚕养成了茧，把茧变卖成了我们所需要的钱，用来过日子和读书。这就是属于我们的全部。“遍身罗绮者，不是养蚕人”，这句诗可以说从小就烂熟于心，我却从没意识到它也与我自己的生活有关，以至于人到中年，当我写作这篇文章的时候，才恍然意识到这一点。

我们都是养蚕人。我们陪伴蚕有了一个叫作茧的小小的家，就送走了它们。后面的事，我们不再认为是与我们有关的。这就是我们的认知。当年就是这样的。甚至，一直到今天，我也是这样的。我只是把心思用在做好自己手中的事上，很少去想然后该是怎样的。

后来，家里不再养蚕了，桑树被伐掉，桑田改种庄稼。再后来，桑田闲置了几年，送给村人耕种。我不会忘记站在桑田里采摘桑叶时的那种感觉，极度的枯燥和疲劳，没有什么浪漫，也谈不上所谓的审美，只是一种劳动，一种生存的必需。养蚕的经历，教给我如何看待生活、如何看待生活中的我自己。这种影响深深地烙在我的心里。就像蚕茧，把自己紧紧包裹起来。这是一种存在状态。有些东西，只能自己体会，自己懂得。

丝绸是美的。可是丝绸的美，在我的审美经验之外。或者说，对丝绸的审美，在我这里是有养蚕经历作为底色的，这个底色被汗水浸渍，以至于三十多年以后回忆起来的时候，仍然清晰如昨。这必然影响到了我对于美的理解。我更多看到的是美的来之不易，是美的背后所承载的那些负重，这似乎成为我的一种审美习惯。

日常生活里，我对丝绸制品的理解，总是与艰辛的劳动紧密相连。我甚至很少消费丝绸，我觉得我的生活和生命不需要这样的东西来点缀，这不符合我的审美，不能契合内心的真正所需。那些丝绸、那些蚕茧、那些艰辛的日子，成为我的写作的一种底色，让我这么多年来，不敢懈怠和轻浮。

母亲说，养蚕一个多月就可以见到钱了。在她的心目中，这个赚钱周期是很快的，可以缓解生活中的太多难处。那个年代农村养一头猪，需要一年的时间，猪杀了，才可见钱，不像现在的猪是吃饲料速成的。养蚕一个多月就可赚到钱，母亲对此很是满足。

我对养蚕的日子充满了恐惧。我不是惧怕劳动，只是觉得这种劳动太精细了，对劳动之外的要求太多太高，比如环境消毒，稍有不慎，就会导致蚕种中毒，功亏一篑。那种累，是有心思的累。我一直觉得养蚕是一种技术活，而这种技术，是我不愿费心耗神去琢磨的。我宁肯推车、刨地，或者去建筑工地打工，只要不须耗神就好。干完了活，把脑筋用到读书和写作上。或许，那个时候我已经开始自觉维护我的写作了，任何可能瓜分写作精力的事，在我的潜意识里都是被拒绝的。

母亲在电话里说，她还想养蚕，没有养够。我说你忘记了当年养蚕是怎么操心上火的。母亲没有回答我，她兀自重复说，还想养蚕。母亲老了。她经常听不完整我说的话，就像我以前也常常听不完整她的话。我总是听一部分，就知道她后面想要说什么，不愿继续听下去。我更多地活在自己的世界里。当我有了足够的耐心听父母说话的时候，爸爸已经永远离我而去了。

记得那时家里养蚕，蚕房里是有温度计和湿度计的，门窗也安装了纱网，防止蚊蝇进入。我们那时埋怨母亲对待桑蚕比对待自己的孩子还用心。她小心翼翼地察看温度和湿度，小心翼翼地开门，生怕惊扰了蚕宝宝。童年记忆里，父母是经常吵架的。养蚕期间，家里不允许大声说话，更不允许吵架拌嘴，大家都变得克制，生怕说了不吉利的话，影响收成。而这收成，关涉到具体的生活，是过日子的希望所在。

一晃，三十多年过去了。

食与味

烟台有道菜叫“鱼锅片片”。所谓“片片”就是我们乡下的玉米饼子，鱼焖在锅里，周围的片片刚好跟焖鱼的汤接触，有一种特别的味道。我喜欢这道菜，是因为我所熟悉的玉米饼子与并不熟悉的海鲜组合在一起，就像大山与大海的约会一样，两种不同的气息相互交融，让人滋生一种既熟悉又陌生的感觉。

我在农村长大，对鱼的种类知之甚少，直到现在，对吃鱼也没有什么兴致，这可能是因为在我的童年味蕾里，几乎没有关于鱼的记忆。据说在更早的年代，乡下老家接待客人，通常会上一道木鱼。这种情况我只是听说过，并未亲见。木鱼上桌，这是一种礼数，是主人心意的表达，客人并不在意是否真的吃到了鱼，他们更看重的是这种礼数本身所包含的东西，其实这也是一种最朴素的饮食文化。

鱼在席上是一道特殊的菜，寓意年年有余。吃鱼是颇多讲究的。头朝北，肚朝客；吃鱼前，要先把杯中酒斟满，一饮而尽，

头朝北，肚朝客；吃鱼前，要先把杯中酒斟满，一饮而尽，坐在首席的客人动了筷子，其他人才可开吃。

坐在首席的客人动了筷子，其他人才可开吃。在一些更讲究的场合，通常第一筷由主人动手，他把鱼鳃上的肉夹给最尊贵的客人。鱼头尊贵，鱼鳃上的那一点肉就显得格外尊贵。

对待鱼的态度，也可看出人的内心世界。生活在海边，每年进了休渔期，有人还会偷偷下海打鱼，对此我是很不理解的。在莱州，我曾看到一个垂钓者，他把一条从身边水桶里蹿出来的鱼，随手抛回大海。在他的潜意识里，虽然这条鱼已经被钓了上来，被放入水桶，但它自己蹿了出来，就说明它不该属于这个水桶，它的未来应该在海里。这个垂钓者顺势而为，不纵容自己也不难为一条鱼，他的内心是有敬畏和悲悯的。这是一种处世态度，也是一种人生境界。

再说鱼锅片片。我觉得这世间的很多事，其实正如鱼锅片片，是可以炖到一起的。原本不相关的事物，因为搭配融合到了一起，成为另外一种更为美好的事物。就像生活本身，在日常中并不是泾渭分明的，很多东西掺杂在一起，苦中作乐，忙里偷闲，安静的表情下面隐藏着汹涌的心态。那些混沌的、混杂的，甚至混乱的，更像生活的本来样子，它们被塑形，被赋予某种意味。烟台有道家常菜叫“全家福”，喜宴必上，逢年过节家里来客一般也上这道菜，各种原料凑成一锅，包括海参、对虾、花鱼、鱿鱼、干贝，还有羊肉、牛肉、猪肉、大白菜、冻豆腐、宽粉条和菠菜，等等，一锅里炖熟，别有滋味。在招远乡间，过年团圆饭必吃“拌合菜”，主料是龙口粉丝和白菜心、胡萝卜丝等。这种合菜缠绕在一起，象征着全家同心，一起过日子。若是操办婚事，男方托人到女方家提亲，除了常规礼品之外，还要带去红纸包好的二斤粉丝，粉丝越长越好，喻指两人感情长长久久。在沿海渔村，渔民对大蒜的称呼，从来不说“蒜头”，也不说“蒜瓣”，而是称之为“义和菜”。这是因为，渔民出海打鱼，大多是合伙买卖，一方有船，另一方有网，双方脾气相投，联手合作。他们忌讳“散”的谐音，称大蒜为“义和菜”，也是对契约精神的一份看重。即使在贫寒的岁月里，他们吃饭也并不只图填饱肚子，他们知道什么该吃，什么不该吃，该怎么吃。或者说，他们在饮食中寄寓了某种信仰和规则，吃不再仅仅是吃，而成为一件有禁忌有要求的事了。

福山是鲁菜发源地，传说当地厨师兜里随身装有粉末状的东西，炒菜的时候偷偷撒上一点，所以鲁菜味道鲜美，让人惊艳。食客以为这种材料有多么神秘和深奥，其实不过是把海肠子磨成了粉末。我觉得人生也该是这样的：一种取自日常的东西，以自己的方式加工，然后不经意地撒上一把，就可以制造出让人意想不到的味道。这是一种智者的行为，也是一种可爱的行为。生活有时候就需要撒上这么一把。用最常见的东西，制造出不常见的效果，这是真本事。

我对饮食一直不甚讲究，总觉得能够填饱肚子就可以了。但是与吃有关的记忆，却是难忘的，童年中印象最深的，几乎都是与吃有关的。那时日子过得贫穷，稍有滋味，就会铭记在心。

平日里，我经常去吃福山大面或蓬莱小面，一个人去吃，仅仅是为了方便和实惠，把一顿饭快速地解决，就像完成某个任务。不管是福山大面还是蓬莱小面，都是声名远播的。可是在我，它们不如海阳摔面，更不如母亲做的手擀面。每次回家，母亲都会给我们准备一些手擀面，带回来放在冰箱里冷冻保存，随时煮了吃。这种最原始的手艺，有筋道，有嚼头，有味道。

一碗热气腾腾的面，就是整个冬天里最温暖最值得回味的元素。小时候，在镇上的大集，人来人往，常有人在摔面铺子那里驻足或徘徊。我也曾是其中的一人，磨蹭在人群中，看大师傅把手里的一团面抻开，在面板上摔得啪啪响，声音清脆，在集市的嘈杂声中显得尤其悦耳。眨眼间，大师傅手中的面团，已被摔成了匀称的面条，朝身边的汤锅一丢，面条就在沸水中翻滚起来。众目睽睽之下吃上一碗摔面，这在那个年代是有点奢侈的享受。我读初中时，母亲赶集摆地摊，卖点纽扣之类的日用品。冬天，母亲在集市的摊点，守株待兔似的等候买主，用一枚又一枚的纽扣，换回一些零钱，我们全家的生活，几乎就是靠这点零钱来支撑的。有时候卖得不错，收成挺好的，母亲会犒劳自己一下，在集市的街头吃一碗热腾腾的摔面。有时候集市散了，纽扣一枚也没有卖掉，她像跟自己赌气似的去吃一碗摔面，回家后跟我们念叨今天没有赚到钱，还吃了碗面，赔了本。她像是自己跟自己过不去似的，又像是自己在给自己鼓劲。而更多的时候，母亲是饿着肚子骑车回家，不管收成如何，她都舍不得花钱吃一碗面。

定居烟台后，我在天天渔港北面的小胡同吃过一次海阳摔面，感觉丝毫没有了童年的那种味道。那种味道，看来只能永远留在记忆里了。

吃海阳摔面的地方，被烟台人称为丹桂街，街很短，始建于1850年前后，始称一面子街，后更名为丹桂街。二十世纪八十年代，这条街拆掉了，改名午台街。老烟台人是知道的，丹桂街曾是烟台最繁华的地段，店铺一个挨着一个，街上有各种式样的胶东小吃，整日说唱声、鼓乐声不断，入夜更是灯火通明，连小贩的扁担上都挂着一盏小马灯。这条街，被誉为烟台饮食的“清明上河图”。丹桂街上有家火烧铺，杠子头火烧最好，外皮酥脆，内瓤松软，当时从烟台乘船去东北的旅客，都到这里买一串杠子头火烧，用铁丝一穿，套在脖子上，再买些咸菜，一路的饭食就算是备好了。我曾接待过一位台湾学者，他说杠子头是他童年的味道，当地朋友特意买了一箱送他。过安检的时候，机场年轻的工作人员颇是犹疑了一阵子，这么硬的食品，在当下已经很少见了。

丹桂街上有个“丹桂戏院”，很多京剧名家都曾在这里登台献艺，烟台因此成为声名远播的“京剧码头”。定居外地的老烟台人，见了乡亲，几乎都会问道：“丹桂还在吗？”京剧艺术家马少波最后一次返乡时，遥对“丹桂”虔诚地三鞠躬，泪流满面。

这条承载着美食记忆的街道荒芜了，更多的街道热闹起来。走在城市街头,我总感觉失落了一些什么。

这种感觉就像对童年味道的回忆一样。很多事,是以味道的方式留存下来的。比如大葱蘸酱,在我的眼里就是美食。这是南方朋友很难理解的。在胶东乡下,大葱是田间地头的常见之物。以前家家户户都自己做酱,什么面酱、豆酱、辣酱,沿海的还有虾酱、蟹酱、鱼酱。乡下人在庄稼地里劳作一天,回到家,大葱蘸酱,大口吃饭。这是他们的生活。俗话说,大葱蘸酱,越吃越壮。这里面既有物质贫乏的原因,也有胶东人性格豪爽的因素。我参加工作后,朋友们聚餐,菜上齐了,酒席临近尾声,主人会让餐馆给上一盘"老板菜",主要就是黄瓜、萝卜和大葱,蘸着面酱吃,吃的就是这种感觉。吃上这样的"老板菜",我才觉得这餐饭可以结束了。

记得费孝通先生曾经写道,人在他乡,带一点老家锅底的灰,冲水喝,可以治疗水土不服引发的症状。这些年来,我的行囊中始终带着一小把"锅灰",茫然无措的时候喝一点,然后继续赶路。

匠心与规矩

在我的老家有句俗语:海阳木匠讲规矩。这里说的“规矩”,并不是墨守成规,而是一份郑重,对于所做之事的用心和尽力。对海阳木匠来说,什么样的活儿该接,不同的活儿该干到什么程度,都有不成文的规矩。比如,不抢别人的生意,如果因为竞争影响到了别人,大多也会考虑给同行留口饭吃,凡事不做绝,留有余地。包括饮食习惯,也是有讲究的,比如不到收工不吃鱼。以前的生活太穷了,家里请来木匠,主人自然是拿最好的饭菜招待客人,而木匠通常只吃其中的普通菜,对好菜是不动筷子的。特别是鱼类,在那个年代属于稀缺物,一般是推到收工那天才肯吃掉。他们这样做,是不想让东家犯难,不想让东家再去张罗买鱼。这是一种换位思考,是贫寒岁月里的相互体恤。再比如,木匠对工具摆放也是有规矩的,锯齿一律朝内,不许“亮牙”。他们有句口头禅:“亮着个牙,一看就不怀好意。”这是他们对锯齿朝外的危险性的形象描述。年轻的学徒工,倘若一时疏忽让锯齿“亮牙”了,会遭到木匠师傅最严厉的责骂。除了“亮牙”,海阳木匠还有一句话:“木匠的腿有一锛。”这其实是一种安全隐患意识。常年用锛,难免伤及自己,他们把这样的伤害理解成了不可避免的职业遭遇。这句话,既是一份自我提醒,也是一种自我安慰,就像那些无法预知也无法摆脱的命运,除了面对,别无选择。

如今,这些规矩大多事过境迁,吃饭不再成为一个问题,关于吃鱼的讲究也就不存在了。木匠的机械化程度越来越高,锛几乎已被淘汰,自然也就不必担忧“木匠的腿早晚有那一锛”了。甚至,就连木匠这个职业角色,也越来越少了。

我是在进入中年以后,才从木匠的规矩中品味到了更多东西。这些从劳动中得出的教训,素朴,有力,散发着温润的光泽。父母当年对我的职业期望,是希望我有一技之长,有个养家糊口的本领。更具体地说,他们是希望我成为一个木匠,希望弟弟成为瓦匠。在农村,木匠和瓦匠都属技术活,一个家庭若是有了木匠和瓦匠,也就有了自己盖起一栋房子的底气,很多活计都可以自己动手来做,不必求助于人,这意味着可以省下一大笔开销。乡下人不缺力气,也不怕出力,我的两个表哥在这方面给我们树立了榜样,他们靠自己的双手采石,填地基,砌墙,上梁封顶,盖起两栋大瓦房,然后抹墙,做家具,结婚成家,了却家长的一桩心事。我至今还记得当年上梁的情景,他们兄弟俩,一个木匠,一个瓦匠,在村人的热望中攀上房顶,放了鞭炮,然后开始扬饽饽。我夹杂在哄抢呼叫的孩子堆里,仰脸看着端坐房梁之上的表哥,眼神中充满向往,似乎体会到了做木匠的那种职业荣誉感。

我开始留意木匠这个行当。俗话说,长木匠,短铁匠。意思是:铁器如果短了,可以再抻一抻;木头若不留有余地,就很容易被动。后来,木匠开始用上了电刨,不再需要拉锯。村里有个木匠,被电刨飞脱的砂轮击中一只眼,成为一个独眼人。木匠这个职业从此在我的心里蒙上了阴影,我觉得这是一个高危职业,并不适合走路做事都惯于走神的我。我不再想当木匠了。

我的耽于幻想的秉性,让我离木匠这个理想越来越远。后来到县城上班,做过短暂的维修工,可对之却完全无感,我对于机械的任何故障都敬而远之,任何一个略有技术含量的手工活,都会让我陷入束手无策的尴尬状态。在海阳老家,我从小就被灌输了一种观念:人活在世上,要么出苦力种地,要么靠手艺养家。我是兼有这两种意识的,但是学手艺又不懂得触类旁通举一反三,一直在用出苦力的方式去做手艺活,所以在两方面都显得格格不入。

文学似乎是个例外。文学特别适合我这种一边沉溺于现实,一边又耽于想象的行为习惯。我找到了另一条路,我把自己逼到除了文学,任何事情都不想做也做不成的份儿上。我时常这样安慰自己,你生来就是属于文学的,要像老家的木匠那样对待自己的手艺,讲规矩,舍得下笨功夫,精打细磨,把活儿做好。

木匠越来越少,我的关于手艺活的情结却是越来越重。新居装修时,好不容易才找到一个老木匠,家具交由他来做,既可保证真材实料,还能避开市场上那些混乱的潜规则。

那个老木匠住在城乡接合部,一辈子坚守自己的木工手艺,对家具厂的机械作业很是不以为然。可是现实中,并没有太多人理会他的“事业”。他的家具制作生意这么多年来不咸也不淡地经营着。新居安装衣柜那天,他埋头干活,我就在一边不时地感叹和叫好,我的话言不由衷,他却格外受用,越发地认真和仔细起来,一边干活,一边给我讲解为什么要这么做,以及这么做与机械流水线下来的家具有啥不同。他说得口沫飞溅,到最后却终于在家具尺寸上出现失误,应验了家具厂那个推销员说过的话:“如今工厂下料,都是数控机床来操作,在电脑里输入数据,就可以毫无偏差。手艺再高的木匠,也不可能做到这么精准。”

我却愿意接受这种不够精准的制作。我理解老木匠,他的同行越来越少了,而他又必须接受工业化标准的衡量。他是多么的孤独。我熟悉这份孤独。在我的身上,其实一直也潜存着这样的一份孤独。在我看来,流水线上的产品,终究是缺少了一点什么的。

缺少了质感。这种质感,源自越来越稀缺的带有体温的手艺。我们都习惯了按流程做事,冰冷地做事,缺少一种情怀,一种温度。

《海阳县志》记载了一个故事,有个石匠在收工回家的路上遇到两只狼,于是躲到路边的一块巨石之上。狼想要往上冲,他就用随身携带的锤子和錾子敲打巨石，迸溅的火花把狼吓住了,不敢靠前。石匠累了,停歇的时候,狼就来了精神,想要伺机进攻。石匠索性不再停歇,不停地用锤子和錾子敲击石头,直到天蒙蒙亮,两只狼悻悻离去,石匠才拖着疲惫的身子回了家。附近村民路过此地,发现他们每天经过的那块大石头,竟然一夜之间变成一尊佛像。十里八乡都觉得这是神来之笔。那个石匠根本就没有想到,自己为了驱逐恶狼的一番敲石动作,竟然雕刻出来一尊栩栩如生的佛像。

这个传说,是情急之下的一次技艺爆发,那个石匠对此不自知也不自觉,他以为自己只是胡乱錾了一通。正是这随意的胡乱一錾,錾出了世人眼中的佛像。这对于从事艺术创作的人来说,或有很深的启迪意义。艺术的最高境界是无技巧。在匠心与规矩,以及“佛像”之间,确实是有一些潜在关联,而打通和成就这种关联的,是那个匠人。他的技艺在年复一年的劳动中得到积累和提升,一切都是在不自觉和无意识中发生的,在孤注一掷的时刻,不经意的动作,成就了最好的艺术品。

技艺到了一定份儿上,创造就随时成为可能。这件事被当地人传为奇谈。我从中体会到的,是对于匠心与技艺的一种阐释。

我最终还是成了一个“木匠”,一个在纸上构筑虚拟物件的人;或者也可以说是一个“瓦匠”,一个在想象里建造房屋的人。我有一个庞大的施工计划,想要建筑属于自己的文学大厦,但从设计师到瓦匠和木匠,只有我自己一个人。这是一份只能由自己独力完成的工作。而我所建造的“房屋”,无论是否宏伟,是否有效,除了可以栖息我自己的灵魂之外,也希望能够安抚他人的心灵。

作为一个纸上的“木匠”,我以自己的方式订立了一些“规矩”,那就是什么是可以做的,什么是不可以做的,以对自己有所要求,不投机,不钻营,永远怀着一颗敬畏之心。

在半岛

在我梦想见到火车的那个年代，还不曾见过大海，更没有意识到自己是生活在三面环海的半岛上。那时我的整个现实世界就是小镇和村庄，还有村里的街巷。第一次去看火车，是在二十世纪八十年代。我是骑自行车去的，邻镇，约二十里路，那里是全县唯一跑火车的地方。铁轨齐整，在我眼里那是神奇的台阶，不是通往远方，而是抵达高处的。火车轰隆隆从身边碾过，并没有想象中的浪漫。那些冰冷的钢铁因为组合到一起而具有了“生命”，比如铁轨，比如车厢。它们与乡村漫山遍野的草木不同，它们是向着远方生长的，与我的梦想有着同样的方向。

火车并没有像梦想中的那样从身边呼啸而过，它沉重，缓慢，像是一个喘息困难的老人。脚下的土地微微颤动，越发衬托了它的沉稳、坚定，对于前行的义无反顾。那个被叫作火车的庞然大物朝着远方渐行渐远，直到彻底在视线中消失。我留在原地，愣了很久。它来自哪里，去到哪里？我们相遇。我近距离感受到了火车的呼吸与心跳。这个懵懂的乡村少年,他以想象一列火车的名义想象自己,他觉得与火车相关的道路和远方,从此也与自己有了某种隐秘的关联。一辆冰冷的火车,竟让他看到了浪漫;而支撑这浪漫的,是一种力量感——来自远方也去往远方的力量。他被这样一种笨拙的力量所覆盖。这个乡村少年的经验世界实在是太贫瘠了,所有走向远方且携带了力量感的事物,都被他视为浪漫。

参加工作后,我第一次坐火车,看着窗外的一切都在向后退去,竟然不舍得眨眼,就这样看了一路,直到抵达目的地。再后来就很少有这种心态了,一路上闭目养神,偶尔看一眼车窗外,觉得途中一切都是与己无关的。我一次次踏上那个旧站台,一次次远行,或者归来。火车站嘈杂,混乱。想到托尔斯泰的小站,这个老人在生命最后时刻的秘密出走,曾经那么深地震撼了我。

后来我才知道,父亲年轻的时候曾经沿着火车道走了一天一宿,鞋子掉了,就赤脚走,一直走到烟台火车站。这是父亲不堪言说的苦痛,他把这段往事埋在心底,偶尔谈起也只是简短数语,就不再说什么了。父亲去世后,我才意识到我的所谓远方其实包含了父亲曾经的苦痛,这个远方变得混沌复杂,难以言说。

第一次去看大海,是在一个薄雾蒙蒙的早晨,天还没亮我们就搭乘邻村的一辆拖拉机出发了。一路颠簸，海渐渐地近了。这就是我日思夜想的大海吗？一片浩荡的水，携着咸涩气息涌来。那个暑假我在海边的渔村度过了几日。渔村就在距海不远处，与我老家的村子似乎并无异样。我一个人坐在海滩写诗。海边的一切，在我眼里都是新奇的，让我觉得整个生命都洋溢着活力与激情。

与海相伴，从此成为一种理想中的生活。我希望自己有机会谋得一份在海边晒盐的工作，这比留在农村种地要好得多。我把面朝黄土背朝天视为苦难，把海边晒盐当成了一条逃离乡村的出路。大海的不息涌动与我的少年激情重合到了一起，没有什么理性认知，我只想走出乡村，至于去到哪里，并不在意。看到有的同龄人去到海边晒盐，我觉得那应该是一个不错的人生选择。我向往起了晒盐，并且为之付出诸多努力。最终，却落空了。我没能像当年所期盼的那样成为一个海边晒盐的人，却从此以大海为目标，一步步靠近了大海。后来的求学、工作，还有生活，都是在海边。海在我眼里成为一个日常存在。当年初见大海时的那种热望，早已了无踪迹，我甚至淡忘了曾经有过想要成为晒盐工的理想。那是对于生活的既朴素又奢华的理解与向往。后来又有很多的梦想，却大多与海无缘了。人海茫茫，我没能成为海边的晒盐人，却成了“人海”之中的晒盐人。我的所谓写作，不过是在汗水和泪水中提炼“盐分”而已。晒盐人的劳动姿态，已经铸进我的生命，此生无法改变。

我常见的那个晒盐工,他每次回乡都是西装革履,谈到海,他并不说海,只说"在外面"。对于乡村来说,海是外面的世界。他是去到外面世界,且从外面世界回来的人。村人问及外面的事,他并不知道更多,他只见过大海,见过大海的风和浪,还有船,以及船上的鱼虾。这个与海相伴的人,他每天都像父辈面朝黄土那样,在海滩上劳作。他的爱情一点也不浪漫。面朝大海,他不知道什么春暖花开,只知道劳动、攒钱,然后结婚成家,过日子。他的皮肤黝黑,比村里的农民还黑,只是有些油亮。他的爱情,比起留在村里的同龄人还要古板。我是从村人的讲述中得知他的婚姻状况的,相亲、结婚、生子,这个与海打交道的人,他的婚姻完全按照乡俗流程走了下来。婚后的生活不咸也不淡,平时上班是去到六十多里地之外的海边晒盐,周末回到村里。他以自己的奔波行走,把乡村与大海联结到了一起……

盐是晒盐人的劳动结晶。盐是咸的。海水是咸的。身上的汗与眼里的泪也是咸的。这咸,注定成为生活的一种诠释。关于他们的故事,我并不知道更多,不知道它们是真实的还是虚传的,真实与虚传都已不再重要。一个晒盐人的真实,会引起你的真心关注吗?我曾这样问自己。忙碌在自己的事务里,我从未真正在意过一个晒盐人,每天消费他们的"盐",却不懂得关心他们的劳动和生活,这让我羞愧。

海面的雾气不断上升。远方变得越来越迷茫了。

晒盐人,是以古老方式把海水进行分离的人。他们在我眼里更多地属于一个想象中的形象，我甚至没有太多细节来想象他们的日常状态，只觉得他们每天与海相处，应该是更懂海的人。海的一些不为常人体察到的秘密，都会被他们感知。他们并不言说，颇有一点神秘姿态。我把他们的神秘与大海的神秘叠加到一起，化为一种向往。事实上，我在乡下老家经历了一段日子的苦苦等待之后，最终确认我的愿望落空了，我不可能成为理想中的那种晒盐工。那是我第一次感觉到人生的无力和无奈，我的第一个具体的“理想”被宣告破灭。我没有成为一个晒盐人。晒盐人的“理想”却从此烙在了我的心上，我在此后的所有抉择与努力，似乎都在有意或无意地向着这个曾经的理想靠拢。后来，我去到海边的大学读书，毕业后留在这个海滨城市，工作单位在海边，住处在海边，每天的散步也是在海边。海成为我的生活背景和生命底色。我在写作上的理想，就是努力成为一个“晒盐人”，从人海中提炼盐分，从他人的泪水中提炼盐分，也从自己的汗水中提炼盐分。这少量的盐，我希望提供给更多的人。

这少量的盐，我知道它们是怎样被提炼出来的，它们带着人海的温度，带着一个又一个具体的人的热望。这少量的盐，它在“人海”之外被提纯，然后被重新融化到“人海”之中，成为一种不可或缺的元素，成为海的味道，成为人的必需。

而晒盐人的生活，却离我越来越远，直到完全退出我的惦念与想象。在后来的三十年间，我几乎再也没有想到晒盐人这样的角色和形象，我纠缠在自己的那些所谓事务里，无暇顾及其他。晒盐，似乎也被“工业化”了，很少有人谈及晒盐人的话题。直到某一天，当我回忆童年、回忆一路走来的岁月的时候，我才在斑驳的记忆中恍然辨出晒盐工的身影。

一个新建的工业博物馆。这些年这个城市的工业发展历程，都被浓缩在一纸文案中，然后被镶嵌到了墙上，被解说，被参观，被记住和被忘却。那些被遗弃和被淘汰的工业设备，被收集到了这个工业博物馆，被赋予新的意义。

它们是作为工具而存在的。从最初的马车、自行车、拖拉机，到火车、轮船，再到飞机，工具在不断“进步”。它们载着我们去往我们想去的地方。而最本质的“进步”，是人在最初的直立行走，它超越了作为工具的存在，也胜过所有“到此一游”的赶路。在半岛，他曾见过一场浩大的特殊婚礼，蹬三轮车的人与他的工友组建了一支三轮车队，载着新郎和新娘在城市公园中绕行拍照。不想赋予这种行为以浪漫色彩，他觉得那样是不道德的。他们打动了他，勾起关于童年、关于故乡以及关于人的成长与生存境遇的记忆。他们素朴。他们无奈。他们乐观。这个城市也有属于自己的童年，二十世纪八十年代刚开通机场时，没有路灯，人提着马灯排成长队，照着飞机落地。如今听到这段历史，宛若天方夜谭。它并不遥远。他记住了这段历史，就像记住那个乡村少年最初见到火车时的呼吸和心跳。这是一个人的精神事件，是再漫长的时光也无法抹去的记忆。

每天早晨，他去小区西门口的快餐店，买三根油条、一碗豆腐脑，打包。七块钱。快餐店的小老板，几乎不需要多说一句话，他会在固定的时间，把早餐备好，包括豆腐脑的作料，他熟知这个小区大多数居民的口味，不需再问，直接就会把调料加好。每一天，几乎都是这样开始的。

他也是在日常中渐渐熟悉了他自己。

让他与日常生活拉开一段距离的，是那座山。当年为这座城市选址的那个老人，就是站在这座山上划定了这个城市的四至范围。三十多年过去了，当年目力所及之处，耸起一片高楼，很多楼房都超过了这座山的高度。他走在这座山上，想一些什么，或者什么都不想，只是走一走，那种放松的心态，即是最好的享受。山的颜色，是有层次的。他每次都是从山的侧面上去，山顶有一条环路，他并不环山而行，只走其中的一截路，走到固定的地方，再返回来，如果时间允可，抑或心情不太好，至多是在一截路上走来走去，重复几遍而已。这座山挺好的，郁郁葱葱，很适合散步。他从来没有奢望拥有整座山，只选择了其中的一段路来走。他留意到了沿路的每一棵树、每一株草，察觉到了它们的每一点变化。

他与这山朝夕相处。每天在山脚下读书、写作、散步，无聊的时候就爬到山顶，俯瞰这座城市。爬不到山顶也无妨，这算不得什么遗憾，随时都有弥补的机会。站在山顶看这座城，城变得渺远；在半山腰，却是不同的，有些距离感，又有些亲切感。某日，他从山上摘回两个松球，摆在电脑旁。一棵松树所经历的春夏秋冬风雨雷电，都浓缩在了此刻的书桌上，陌生，又似曾相识。

一些道理，是很多年以后才渐渐明白了的。这是时光的赐予。是时光，让我们渐渐明白自己，明白自己所处的这个世界，也明白自己与这个世界的关系。

那个独钓寒江雪的人，每天看着各种渔船满载而归，他不为所动。他不借助于那些捕捞工具，只凭自己的双手。钓竿是他延伸了的手臂。这份最原始的坚持里，有被“工业化”所忽略了的东西。这个独钓的人，他背对众人，面朝钓竿，并不关心其他。他在钓鱼，却不想拥有太多的鱼，甚至连一条鱼也不强求。偶尔有人围观，品头论足。他并不理会，只专注于眼前的事……我希望我也可以这样，用一生的时间，专注于一件事，不在意外部环境，不在意别人怎么看，只凭着自己的热爱去做。那段密不透风的职场生涯，我竭力给文学留下了一方私密空间。那些焦虑和冲突，已经被我用后来者的眼光看待，它们不仅仅是曾经发生的事，也不仅仅是所谓回忆，它们被纳入某种价值体系和处事原则，重新看，看出了很多当年并没有的感觉。我依然是我，只是时间和地点变了，当年亲历的那些事也变了，变得更虚渺也变得更真实。我端起镜子，看着镜中的我，有些陌生，有些熟悉，我说不清自己来自何处，也不知道将要去往哪里。在这之前，我一直以为我是知道的，我知道所有关于我的一切，包括那些未知之事。我一直以为我是在做减法，偶尔觉得自己的减法做得不够彻底。而真实的状况是，我在以减法的名义实施加法，我从来就没有从那些现实欲望中超脱出来。我一直不相信我是浮躁的，当我坐在书桌前，思绪却飞向人群，落在不同的表情上。我一直在寻找一个人，我并不认识他，无数次想象他在人群中微笑着走来，却越走越远。我追寻而去，越是靠近，距离感越远。"太近了，你会失望的。"一个声音从遥远的地方传来。那辆少年时代的火车轰隆隆从心头碾过。

一个人在写作中所呈现出来的那个"自我"，与他在现实中的样子是有差异的。我理解这种差异，却不理解这种差异竟如此悬殊，甚至互为正反。

在我的经验世界里，只有最难以言说的那一部分人生遭际，才可以喻指大海。这么多年了，我依然难以完整地描述自己的所遇、所思与所忆，就像永远无法洞悉海底的秘密一样。将一些说不清的东西付诸"大海"，我知道这样并不合情。我选择了相信其中合情的那一部分。这是大海给予的安慰。与海为邻，它帮我消解了那些难言之隐。

开发商给这个住宅小区的每户都提供了一块种菜的地方，名曰"一米菜园"。菜园是建在楼顶上的，一台小型挖掘机曾在楼顶施工了很长时间。新鲜的泥土被楼下的塔吊运到楼顶平台上，再由挖掘机分摊到不同地方，造起了若干田垄。

分到“一米菜园”的头一年，他什么也没有种，菜园长满了草。无暇打理，有人说那就打点农药百草枯吧，简单省事。他没同意，觉得菜园里长草也是可以的，只要有东西生长就好。第二年，他在“一米菜园”种了黄瓜，可能是种子埋得太深，一直没有发芽，抑或发芽了没从土里冒出来。母亲抱怨说城里的泥土不长庄稼，肯定是泥土坏了。这是他第一次听到泥土坏了的说法。后来母亲用若干塑料袋蒙在地上，里面放一小截竹枝，就像农地里的塑料覆膜一样，保温且保湿，种子终于拱出了嫩芽。

因为“一米菜园”，他开始关心季节更替，留意阴晴冷暖。这方被运到楼顶的泥土，时常让他重新打量他与城市的关系，让他忍不住想到他的来处，想到那个并不遥远的故乡。“一米菜园”把三十年前在老家时的那种劳动方式引入他的日常生活，关于乡土，关于城市，关于那些难以释怀的念想，都在这里变得具体可感。在这个小小的空中菜园，时常邂逅楼里的邻居，相互点头即可，不必多言。过了夏天，菜园里郁郁葱葱，丝瓜和方瓜悬在墙角，整个场景都变得生动起来。他陪着朋友去到楼顶参观，西红柿随手摘了，用水冲洗一下，边走边吃，味道果然不同。朋友问，味道是真的不同吗？他说是的，因为他看到了它的完整的成长过程，并且亲身参与其中。一粒粒的种子，被他种在“一米菜园”，然后浇水，施肥，松土，每天都去看一看，直到它们发芽，开花，结果。他见证了整个过程，这个过程中的每一细微变化，都让他激动。生活在钢筋混凝土的丛林里，这样的激动已经久违了。

一粒种子破土而出，它所带给他的喜悦，胜过了整个春天。劳动让他重新发现季节，重新发现土地，也重新发现自我。他以劳动方式度过的那些时光，给了他迥异于书房里的体验。他一直以为精神生活的丰富可以弥补现实的匮乏。他一直以为他应该是那样的而不是这样的。他一直以为此生的汗水都应该挥洒在书桌上。面对这一方小小的土地，他感到了前所未有的安宁。此前，他似乎从来没有沉下心来亲近脚下的土地，包括童年和少年时代跟随父母在田地里劳作时，他也从来没有爱过土地，以至于对土地上的播种和成长几乎没有什么概念。

不再心比天高，不再渴望浪迹天涯。他只希望守护这方小小的土地，耕耘这方小小的土地，陪伴这方小小的土地，在这个过程中，他也被这方小小的土地守护、耕耘和陪伴，发现另一个自己。

另一个自己，也是本然的自己。这些年，他一直在按照别人的眼光塑造自己，把自己塑造成了别人所期望的那个样子，却忘记了我是谁，我想去到哪里？

他想让自己长成一株庄稼的样子。仅此而已。

有一天他走在街头，恍然间听到郑智化的《水手》。在他的青春时代，这首歌响彻大江南北，几乎无人不知这个身残志坚的台湾歌手。“他说风雨中这点痛算什么，擦干泪，不要怕，至少我们还有梦……”听《水手》，我们热血沸腾。在那个热血沸腾的年纪，这首歌点燃了我们。三十年已过，如今蓦然听到这首歌，他只剩下了沉默。

他的住处，位于天马栈桥与葡萄园之间。他有时候去天马栈桥看海，有时候去葡萄园散步，呼吸泥土微润的气息。在大海与大地之间，他是一个不属于任何方面的人。走在葡萄园，他没有看到所谓浪漫，他看到的是生存的艰辛和不易。那些劳作的人，在景观之外，在视野之外。他看到了他们。

这是一个人的角落。绿叶闪着绿色的光芒；雨水曾经来过，阳光曾经来过，一只蚂蚁曾经郑重地从这里穿过；一只飞翔的鸟，曾经栖息在这里，那些斑驳的光与影，让它开始了遥远的找寻。还有，一抹气息穿墙而过。他听到了时光的声音。

斑驳与绿意，自有来处。谁也不知道，在这个不为人知的角落，在那些习以为常的日子里，究竟发生过一些什么？没有人力的推动和驱使，一切都是自然的，万物的规律与逻辑，在人力之外正常发生。这个角落里的这方泥土，让他想到了外面无边无际的世界，到世界上去的欲望时远时近。在这方泥土前蹲下身来，他从中寻找他想要寻找的。他并不知道他想寻找什么。这方斑驳的泥土更像一面镜子，他从中看到了谁的沧桑容颜？时光荏苒。他留了下来。地里的庄稼种了又收，收了又种，这一丛绿叶曾经有过几多枯荣？他试着理解它们，被光与影分割的这方小小的土地，让他同时感到了巨大的安宁和躁动。

不是被遗忘的角落。这是安静的所在，是不被打扰的存在。这方小小的土地，在光与影的簇拥下，传递的是一个人的安宁。

安宁，是这世间最珍贵的礼物。

在并不茂密的绿叶下面，曾经发生过一些什么？当一个人开始关注这类问题，他的生活注定是慢的。在慢生活里，人的状态才可能真正舒展。

他多想把这方小小的泥土复制下来，铺在书桌上，它的龟裂，它的斑驳，以及它的艰难的绿叶，对他都是某种人生启示。面对这样的一方土地，他知道除了耕耘，还有很多更重要的事需要去做。

这条从故乡出发的河，一路奔涌，来到了入海口。

夕阳。滩涂。奔涌与静默的分割地带。还有浪尖上的鸥鸟，近处捡贝壳的人。每次走到入海口，你都有一种不同于别处的感受，就像再激烈的水，在入海口也变得平息下来。这里并不辽阔，但它所接续的，是辽阔的海。海接纳一切，消解一切。一灼蓝色焰火，在海的深处燃烧，海水与火焰的静默相处，没有多少人能够看到。他们在意的更多是高处的和远处的事物，它们的游移牵动着蜂拥的目光。海浪，成为刀锋一样的阻隔。

大海繁衍想象，也扼杀想象。那些在奔向大海的途中干涸了的水，成为另一种存在形态，它们依然有着水的魂魄，以无形之态守护河床，让更多的水从这里流过。

那列少年的火车轰然而去，它留下的震撼与念想从此在你心里扎了根。从老家到这个叫作入海口的地方，距离并不遥远，却贯穿了那个乡村少年的半生努力。那列火车就像一个巨大的隐喻，载着你的梦想驶向远方，不管何时何地，无论走多远，它从来不曾脱离属于自己的轨道。犹如命运。

轮船是另一种视角。半岛三面环水，你偶尔乘船离开这里。海的咸腥气息，似乎被船的油漆味覆盖了很多。深夜的海，是让人有些恐惧的。船在海面划出一条白色的路，你觉得船与海与夜融到了一起，而你是它们的局外人。在局外，你看着它们，也看着你自己，有了另外的体会。你把这些体会藏在心底，从未对人说起。它们时常涌动，让你有了诉说的欲望。你最终抑制了它们，就像那些被克制的爱，那些没有说出口的再见。

如今你不再向往远方，也不想回归故乡。你唯一能够做到的，就是留在这里经营这方小小的土地。父亲去世后，你把他曾经用过的铁锹和锄头都带到了城里，平时用这些农具在“一米菜园”劳动。你握着它们，就像握住父亲的手，心里温暖又踏实。你一直觉得你伏在桌上写作就像父亲在田间种地，都是一种劳动。人活在世上，总是要劳动的，很多东西是在劳动中才有了意义，很多问题也是在劳动中才得以解决。

“一米菜园”是可以自主的方寸之地。种瓜得瓜，种豆得豆。

这是你的半岛。它深入大海，不期望抵达彼岸，也无意告别此岸；它体味大海深处的风景，也成为别人眼中的风景。屏住呼吸，海的潮汐与某个遥远的地方是相通的。

不曾深入大海的人，不会真正懂得脚下的土地。

海接纳一切。它以巨大的涌力，把泡沫和废弃之物推向岸边。它从不放弃自我净化。“海滨”对你来说并不是一个地理概念。它起初是模糊的，日渐变得清晰，你试图赋予它一种品格，用以承载一些别处无法承载的东西。你对大海的理解，就是永远不可能抵达对大海的真正理解。那些误解盘桓在身边，越积越重，你无力阻止它们，它们按照另一套逻辑生长，并不是你所能决定的。海告诉你，不必解释，按照自己的方式去做，去走，去成为让你心安的那个自己。

一个人如何理解大海，他就会如何理解人生，如何看待自己。你知道你所认识的大海，注定是局部的，是片面的，甚至是被误读的。而你可以自主做到的，就是在这个过程中，拒绝形容词，节制抒情，尽可能不对大海施以定性的语言。语言终究是无法概括大海的。

历史的书卷，有一页至今没有被翻过去，它以现在和未来的名义，被反复解读、阐释和书写。

天空是一面镜子，悬在海面之上。你常有恍惚，说不清是从海面看到了镜子，还是从镜子看到了海面，只记得有一条鱼从镜面之外闯入，像是一个误入的情节，携带风和浪。

那抹暗影若隐若现，恍惚又坚定。你在海浪中辨出了它的呼吸。

向海的窗口

从窗口看去，其实一切都很简单。

这个窗口是面朝大海的。栈桥上彩旗飘飘。凭栏远眺的人，此刻并不在栏杆前。从窗口看去，是一望无涯的海。海面波浪涌动，犹如记忆中的田野，草木生长，麦浪摇曳，等待即将到来的收割与归仓。此刻的我，正是站在田间地头的那个手握镰刀的人。

这是“望海为田”。那些渔船载着的，都是与我相关的人，他们在大海一样的田野里耕作。因为他们的漂泊，我与大海之间有了更深的联结，我开始关心海上的风与浪，冷与暖，觉得每一个在海上漂泊的人都是与我有关的。

我早已习惯了那个固定位置。每天，我走到那里，站在那里，面朝大海，像一只沉默的锚。这个看海的固定位置，是我一个人的选择，但它不独属于我，之前和之后都有很多的人站在这里，他们也是看海。他们只是路过这里，然后走开。而我的选

每天，我走到那里，站在那里，面朝大海，像一只沉默的锚。

择却是一种刻意，每天在固定的时间走到固定的地方，与海对视。我越来越意识到，越是面对巨大无边的海，越是需要一个属于自己的“点”。哪怕渺如尘埃，但它是你的，是你的立身之地也是你的独有视角。如此看海，看海之外的所有物事，时日久了，自然会看出不同的东西。它们是从心底一点点浮起来的。我相信我的目光可以在海面留下印痕，就像一条船从海面划过。我的目光与潮汐相遇，这是潮汐与潮汐的相遇。我的眼眶里藏着另一个海，它也是咸的，它在我的内心涌动，在某些瞬间夺眶而出。我看着海。海也看着我。彼此的注视，是这个时刻最为动人的一幕。海有太多的话，它们化作浪，从遥远的天边向“我”涌来。我以我的姿态迎接它们。我从海的潮声中听出某种与心事相仿的节律。我从海的浪花中看到那些消逝与永恒。我从每天在固定位置看海的这个人身上看到了我自己。

看海，其实看到的是我自己。我的对于海的看法，对于世事的认知，对于已知和未知事物的态度，即是一个综合在一起的我自己。我也需要认识我自己。

我是谁？我从哪里来？要到哪里去？面对大海，这个人类亘古的哲学命题是不需要回答的。你已感知了答案——是感知，而不是获得。获得太清晰。而清晰的事物，总是携带着太多局限性。我更喜欢混沌的感觉，一如眼前这苍茫大海，是一点点在心里明晰和泛开的。

那次远行，我们随同一艘船融入大海。同行的游客在甲板上拍照，摆出各种姿势，不时地欢呼。我站在船栏边，注视着大海，从海的平静里读出了恐惧，甚至萌生想要跳入大海的幻觉和冲动。在海上看海，与在海边看海是不同的。

这巨大的海，载着我们去往想去的地方。那个所谓彼岸是需要穿越大海才可抵达的，就像有一种存在需要心里盛得下整个大海才可实现。不管是启航还是归航，都要穿越这海。

海水溅到身上，这是来自大海深处的启迪。

我以前觉得自己是理解那些渔民的。在海上，我才意识到那些所谓理解远远不够。没有感同身受，何以真正理解？年少时的激情和热血早已平息下来。那首《大海》如今重唱，已经没有了青春的味道。其实那时我并不懂得大海，大海对我来说是一个遥远的存在。我把苦涩的往昔以及看不到的未来，都寄托在大海身上。我无数次在那支歌中想象大海，想象已经逝去的昨天和迷惘的明天。青春就以这样的方式被虚度了。

在我开始谈论和想象大海的年纪，并没有想过渔村和渔民。一个把物和人忽略了的内心世界，是值得信赖的吗？

在渔村，我面对一个又一个老船长，他们是具体的，他们的高兴，他们的苦痛，他们的梦想，也是具体的。面对他们，面对这些具体的人与事，简单地将其归结到普遍层面，其实是不道德的。我曾经以为，只要内心是相通的，就会相互理解。对于渔民，我总觉得隔了一层，他们豪爽的性格对一个以书写为表达方式的人来说，并不尽是可以领悟体会的。这是一些在海上出生入死的人，他们对风浪有更深更真切的体会，面对他们，我羞于写下“风浪”这样的字眼。我知道我所看到的仅仅是渔村的表象，他们在日常生活中的惶惑和疼痛，我并不能感同身受。我只是一个体验者，一个路过渔村且放慢了脚步的过客而已。而那些疼痛，那些惶惑，那些艰辛，在渔村已经沉积了一辈又一辈，从未停息的海浪也不能将它们洗去。是我想得太浪漫了，关于渔村的改变，我寄望于一阵风，一场雨，寄望于某个深情的目光。这样的简朴生活，其实有着根深蒂固的东西。有谁曾经真正地理解过它，凝望过它，惦念过它？世代以海为生的渔民，很少愿意离开大海；而在乡下种地的人，大多梦想着有一天脱离土地。我从小所接受的“教育”，就是好好学习，考上大学，永远脱离庄稼地。渔民也知道，能上山，不下海。可是他们依然难以离开大海。后来我想，可能是与大海为伴的人，常年养成了海一样的性格，而这样的性格在别处是很难适应的。大海虽说变幻莫测，充满了太多的不确定性，但是他们的思维，他们的性格，已经融合到了一起。他们更适合在这种环境中生活。也只有这样的生活，才是他们所认同的。

而我们早已习惯了想象别人的生活。很多关于他人和现实的书写，其实不过是我们一厢情愿的想象。

后来，我退到了窗口后面看海。自从那次海上远行之后，我离海不是越来越近，而是越来越有了距离。我不再到海边的那个固定位置看海，那里对我来说不过是一种精神寄托。那时我还没真正理解大海，那时海在我的心中只是一个巨大的隐喻，虽然我一直在警惕这般审美思维，但它依然存在，是一个不可更改的心理现实。

这是海边的一栋高楼，在房间就可看海。窗有时是打开的，有时是关闭的。风从海上来，穿过窗口进到屋里。屋里于是有了海的气息。我每天是在海的气息中读书与写作的，累了的时候，站起身，即可看见大海。很多人站在海边看海，我站在楼上的窗口，看海边的一切，包括那些看海的人。我看不清他们的表情，无论是抒情的还是沉思的表情，都看不见。我只看见他们面朝大海的背影。

这个窗口更像是属于我一个人的取景框。因为它的存在，海对我来说成为一种日常存在：抬头即可见到；低头沉思，海潮则漫到了桌面上。我看到那些转瞬即逝的浪花，看到海把一种气息留在我的稿纸上。这让我心里踏实。

站在“窗口”看海，时常让我想起另一个看海的角度。刀削一样的悬崖，临海而立。海一次次扑来，溅起更大的浪花。这样的一幕，并没有被更多的人看见，它只发生在海与崖壁之间。

一艘船在大海里航行，犹如一个移动的世界被放置在“大海”这样一个更为巨大的世界之中。它的移动，不管是启程还是归航，都是对于整个世界的一种态度。一艘船在大海的心里并不比一条鱼更为特殊。船是鱼的另一种形态。这是理解大海的一个切口，越是对于宏大的事物，越是需要一个微小切口，犹如对于看似漫长的人生，更需要从一个又一个具体的日子做起。

关于大海的“切口”，在渔民那里，在守海人那里，在那些真正懂海的人那里。而很多关于大海的抒情，其实是与大海无关的。

有歌声从栈桥传来，是一个女孩在抖音直播。她以大海为背景，唱歌，带货，与粉丝互动。身处不同地方的人，在网上共享此刻与此地。她的歌声哀婉，心事像大海。这是作为表演的歌唱，她期待认同，期待陌生人的美意。我从窗口看到了她。有时散步，我会特意走向栈桥，在离她不远也不近的地方稍作停留。没有现场的观众。只有偶尔驻足的路人，用异样的眼神看她，然后走开。她的目光锁定在虚拟的网络空间，那些看不见来处的掌声，如海潮一样涌动。这海，是真实的；这个演唱的人，也是真实的。

她以这样的方式经营和拓展自己的生活。她瘦瘦弱弱的，像一条将要扑进大海的鱼。我从她的歌声里听出了对于生活的爱，心里涌起久违的感动。我看到那个曾在田间麦浪里弯腰劳作的少年，我看到他在乡村老宅的窗下翻动书页，触到了书页底下的整个大海。若干年后，这个少年已两鬓斑白，他以当年翻动书页的姿态掀开海浪，看到了大海下面隐藏的一本书。

“纪念那些未能从海上归来的人们”

一

得知烨园老师病重的消息，是在 5 月 18 日早晨，那时他已住院二十天了。此前，朋友王小鲁来电，说已经好久联系不上烨园老师，电话一直打不通。我开始在不同的时间段往他的家里打电话，接连几天，都没人接。一种不祥之感在心头闪过。我直接拨打了烨园老师的爱人陈老师的手机，她说他们正在外地，一切很好不要挂念。第三天，就从朋友处传来消息，烨园老师病重住院。

朋友们在济南火车站聚合，房广星兄开车接我们一起去到齐鲁医院。烨园老师躺在病床上，消瘦了很多，目光依然是坚定的，他微笑着，竖起左手，等待我们轮流上前握手，不是通常的那种握手，是击掌式一握，有力，伤感，不需要任何语言。

烨园老师是 4 月 29 日住院的，他叮嘱陈老师不要告诉任何人，等到生命的最后时刻再告诉朋友们。我们去的当天下午，他心衰很严重，医生说随时都有生命危险。朋友们陆续赶来，有的约好了来济南探望的时间。烨园老师想到自己随时会走，怕来不及，开始给朋友们在纸上留言，嘱我代为转交，还有一些关于朋友们的事，也都一一做了交代。那天傍晚五点半，又是一阵急性心衰，急救之后，因为憋气得厉害，不能躺身，他在病床上坐了整整一宿。事后他说，那种疼痛，一分钟都不想多活了，想用斧头劈开胸膛。

烨园老师告别仪式现场，他的嫂子辛教授转给我们几个朋友一份视频留作纪念。视频是刚入院时录的，是说给医生的话，他说不希望过度治疗，如果有一天昏迷了一定不要抢救。他说他对自己的此生是满意和满足的，已经没有遗憾。他说这些话的时候，脸上是从容和笑意。

他希望自己早点走，后来却“妥协”了。他以超人的意志，坦然坚持到了生命的最后一刻。从入院到 6 月 30 日去世，他在医院里住了两个月的时间。我亲见了他与陈老师说话时的那种深情的眼神，亲见了他听楚岸谈论国际形势时的那种欣慰的眼神，亲见了他与朋友们在病房里相聚时的那种关切的眼神。这些年来他深居简出，几乎是一种隐居状态，在他住院期间，朋友们来来往往，交流了很多。只要稍有体力，只要还能忍受疼痛，他开口说话，谈论最多的依然是文学。他是聚集了所有心力来谈文学的。最后的那段日子，朋友们相互约定，再去医院探望的时候不要再谈文学，因为一谈文学，烨园老师就来了激情，这对他的体力无疑是一种消耗，他已经虚弱到了极点，经不起任何的消耗了。

在死亡面前，他对文学的态度依然如故。他把文学理想贯彻到了生命的最后一刻。

我们的朋友房广星建了一个微信群，以“领地”命名。那是烨园老师的一本书的名字。十几个人聚在群里，抱团取暖。济南的房广星、东紫、荣哲、白峰四位朋友几乎每天都去医院探望，把烨园老师每天的情况发到群里，大家有一种在场感。

医院专家到病房会诊，提出了新的治疗方案，第二天家人想就其中的细节做进一步的咨询。烨园老师说，这个医院的专家每天接诊数量是定额的，我们过去咨询，就会占用其他患者的时间，这对别人不公平。楚岸安慰他说，已经提前预约好了，选在那位专家相对空闲的时间段。

护工王师傅谈到烨园老师的病时，好几次都是眼里含泪。烨园老师和家人从来没有把他当作一个医院护工看待，以至于同病房的人，都以为他是亲属。烨园老师叮嘱家人，他走了以后，要多给王师傅一些钱，他太辛苦了。数次心衰抢救，当他从昏迷中醒过来，第一句话是关照医生或护工，让他们在旁边的凳子上坐一坐，说这么折腾，让你们辛苦了。

住院期间，烨园老师的老母亲从广西柳州来济南看他。老人已经八十六岁了。他曾经交代过，等他走了以后，再打电话告诉他的母亲,可是老母亲得知了消息,执意要来医院看他。朋友们都觉得这次母子相见,可能会是一个“坎”,因为他的体质已经弱到了极点,经不起这种情绪波动。那两天烨园老师很少说话,他在积蓄力气迎接自己的母亲。老人来医院之前,他让陈老师特意熬了米粥,放在病床前的柜子上,其实那时他已经不能吃下任何食物了,只靠打针维持。他的粥,是摆给老母亲看的。陈老师相机行事,看他有些支撑不住又要开始难受了,就暗示护士以探视时间到了为由,劝老人离开病房,不让老人看到他遭罪的样子。

对于死亡,每个人都会有恐惧感的。在朋友们的眼中,并没有看到烨园老师对于死亡的恐惧, 他总是笑着跟我们说话,常常是他来安慰我们。他把对于死亡的复杂感受,独自埋在了心底。他说剩下的日子,就是安心体验死亡的到来。

告别的时刻,他伸出手,等待我们过去一一握手。心率骤然升高。依然是有力的手。依然是坚定的表情。

网上广为流传的那封《告别信》,是烨园老师在病情相对稳定的某个上午口述,陈老师记录下来的。信中,写下了他对生命的理解,对这个世界的深情告白——

朋友们:

我累了。灵魂告诉我,我将在一处听得见水声的山道拐弯处,靠在一根倒塌的百年枯树根部,躺下,休憩——仅此而已，与死亡无关，与所谓的仪式们无关。

…………

我感谢你们让我相遇、相识、相认，感谢你们没有嫌弃，让我这个弱点满身的同伴拖拉在队伍的最后，感受着你们思想和艺术的清寂和纯粹，负疚地相随相伴了这么久。

…………

我感谢巴乌斯托夫斯基，年轻时在他的著作里我读到这样的细节，在古老、荒凉的海滩，在月光与海水的光影里，立着一块斑驳的石碑，上面刻着：纪念那些未能从海上归来的人们。这个句子凝聚着多么复杂的深远思绪，蕴含着命运与时间、苍凉与终极、风暴与搏斗、悲壮与微笑等鲜活的场景，信使死了，信息长存。有些句子是能够复活一切的，有些句子要有尽有。

…………

朋友们，祝你们在自己的命运里完成自己。

刘烨园

2019年6月8日

烨园老师住院期间，我们见过四次。我们的最后一次见面，是在他去世的前一天，那时他已经陷入昏迷了。楚岸说，父亲最后一次开口说话是在6月25日晚上十点左右，他叮嘱不让孙子到医院探望，对孩子能隐瞒多久就隐瞒多久。他以前也这样说过，不要让孩子在十岁之前接触这种本质性的悲伤，怕在心里留下阴影。烨园老师已经昏迷了，我想守在他的身边，陪伴他最后的日子。陈老师劝我先回去，一定不要待在济南。我去车站买了中午的票，回到烟台已是日暮时分。

第二天早晨，接到楚岸短信："父亲走了，六点五十七分。"

二

我与烨园老师最初的交往，是在 1994 年。那时我在海阳县城的一家企业上班，单位资助我的写作，打算出一本书，我打电话请烨园老师写序。他直接泼了冷水。他说你现在出书是没有什么意义的，就像往大火里扔了几页纸，连灰烬都留不下。既然单位愿意资助，你应该去上学读书。

若干年后，我才体会到了他的这个建议对当时的我来说有多么重要。那时，我满足于自己的稳定工作，满足于县城的安逸生活，烨园老师的话，让我看到了另一种可能。很快，我就辞职了，去到烟台读书，对于这一步的选择，周边的人都不理解。两年后，读书生活结束了，我顺利地留在烟台工作，当初那些不理解我的人终于明白了我的选择。重新踏上工作岗位，我的心却再也难以沉静下来，经常会有一种浪迹天涯的冲动。烨园老师每次来信都叮嘱我要"先生存，后发展"，先把工作做好，把生活安顿下来,写作是一辈子的事,不怕慢,就怕站。“你写作的事,就这样慢慢读、慢慢写就行,不要焦急,焦急是写不好作品的。写作心态很重要。宁可一年只写一两篇好作品,也比一年写十篇一般化的文章要强上百倍。”

他是第一个鼓励我从海阳县城走出来的人。

他是后来坚定地支持我从冗务中抽出身来专心写作的人。

他是师长,是无话不谈的朋友。他一直跟我说,你的命里是有文学的,要听从命运的召唤。

他来烟台,市里接待,安排好了住处,他坚持要退房,到我家里来住。那天已是午夜时分了,我和爱人在开发区的路边等候烨园老师。当时我租住单位的房子,家里很简陋,他说比他们安排的宾馆舒服多了。吃饭也很简单,他不允许浪费,两个菜,喝一点酒。有时候他也会下厨做菜。我在烟台定居后,烨园老师来过四次,每次能住十天左右。我们彻夜长谈,有两次竟然一直聊到天亮。如今想,当时的谈话,如果详细记录下来,该是一本多么有意义的书。

我结婚的时候,烨园老师写来了贺信,主持人在婚礼上念了,在场的亲朋好友为之动容。2002 年,我出版第一本散文集,他写了序言,就是那篇《一个记挂着的文学兄弟》。后来我才知道,那篇一千八百余字的序文,他写了整整一周,在写的过程中数次落泪。他为我这些年走过的路而欣慰。2009 年的某一天,我打电话告诉他,我的爱人小金正式考进了事业单位,他在电话里不停地说:太好了,太好了……他竟然一时找不到更好的词来表达他的那份高兴,一口气说了七八个“太好了”,他说好心人终于有了好结果。这些年来,他一直在惦念着我的生活,他知道我的难处,他希望我生活无忧,过得好,希望我可以把心思和精力更多地用到写作上来。他经常说,如果身体状况允可出远门,他是最愿意到我这里来的。在《中年的地址》扉页,他写了这样一句话:“此处是家——写于月鹏浩程家中。”他最后一次来烟台,我从朋友那里临时借了一套大房子给他住,他走进去,看了看,说不住这样的房子,只需要一间屋子就可以了。我只好又给他换了一个住处。那天,当地的朋友接待,我喝多了酒,特别难受。我坐在沙发上,醉眼蒙眬中看到烨园老师很认真地埋头泡制醒酒茶,然后他端给我喝,像喂一个孩子那样喂我喝茶。那天晚上我们两人一直聊到凌晨五点,全是文学话题。我跟他说了我的写作计划,说到了一些素材和构思,他格外兴奋,觉得我手头是积攒了一个创作富矿的。他说这些年来的工作阅历和思考,都可以在今后的写作中得到转化。从那以后,每次电话,他都提醒我一定要收心,先把已经积累好了的东西写出来;也是从那以后,他坚定地支持我从冗务中尽可能解脱出来,集中精力创作。他对我的写作是有长远规划和期待的。他知道我在写什么,他希望早日看到我完成那些作品。但他从来没有催过我,反而一直叮嘱我要扎扎实实地写,不考虑外界的任何因素,按照自己的方式去写。他怕我心态一旦急躁,把手头的素材写废了。就在他临终前的几天，他还跟房广星谈到不能看着我的创作规划执行到底了。这是他的遗憾，也是让我最感心痛的。我从此觉得我所致力的写作即使再微渺，再不足道，但它包含了烨园老师的一份期待，是一个人怀念另一个人的方式。

2016年，我的长篇《拆迁笔记》在《当代·长篇小说选刊》发表了，烨园老师在回信中写道："月鹏好。雨天收到你的书，默默地，不期然涌起一阵光阴的感触，整个下午，都是那些旧事的背影……转瞬就是二十多年了，遥遥地，我终于能看到你从生存的他道，走回文学的山路，且渐入生命的自在之境了。为你高兴，也为自己这些年的关注，而润几缕欣慰之泪——看来，我真是老了，但愿还有向往沧海一声笑的豪意。烨园。"

今年3月6日，我到济南参加省作协的全委会，给烨园老师打电话，他说头晕厉害，这次就不要见了。以往每次去济南，我们几乎都会约着见个面，说说话。从济南回来的第二天，我又给烨园老师去了电话，我们聊了一个多小时，他叮嘱我一定要把手头的《烟台传》写好，写成一本可以伴随烟台这座城市一起流传下去的书。记得那天我说到了父亲的去世以及家族历史，他也谈到了对生死的理解。那是我们最后一次通电话。

烨园老师去世的第二天，在他家的客厅，我曾久久注视着电话旁边的那个沙发。我们无数次的长谈，他都是坐在那里接听电话的。那天我看着那个地方，恍惚中耳边响起了熟悉的声音。

三

烨园老师的精神力量，是很多人都敬重的。作为他身边最亲密的朋友之一，除了精神层面，我从日常生活中也看到了同一个值得敬重的人。在我的心目中，他更是一个日常化的、生活化的人。二十五年的交往，我们之间的理解和默契，甚至不需要多说一句话。我的优点，以及缺点，他都清清楚楚；我的不成熟的想法，我的局限，甚至我的错误和问题，在他的面前都不需要掩饰。烨园老师去世后，我回想我们二十五年来的交往，突然发现，他从来没有批评过我，对我做的每一件事，走的每一步，总是给予理解和鼓励。唯一的一次"批评"，是《怀着怕和爱》出版后，某刊主编写了一篇评论文章发表在《文学报》上，我有点沾沾自喜，把样报照片贴到了博客上。很快，烨园老师的电话就打了过来，他说看了我的博客，感觉很不舒服。他的苦心，我一下子就明白了，我说您放心，以后再也不会这样。

他是认真的。认真对待朋友。认真对待每一天的生活。认真对待生活里的每一件事。如果约好了哪天见人，他就会认真地等待。我以前在机关里做事，见人是日常工作中的必须，每天要见很多的人，大多都是不可能走进彼此内心的。而烨园老师不会这样。他决定要见一个人，就会认真地去见；如果不想见，他会毫不客气地拒绝，不留情面。这些年他深居简出，很少与外界打交道。他对交往的人,是有要求也有选择的。就像他对写下的每一篇文章,都有常人难以想象的严苛,往往一天写下很多,到了收工的时候,大多数文字却被他删掉了,用他自己的话来说,“一天可得二百字”。这是炼金一样的写作,拒绝杂质和水分。有时候写得满意了,他也会犒劳一下自己,独饮一小杯酒。

我留意到了烨园老师2004年前后的邮件,大多是凌晨两点以后发来的。他曾说过,他习惯在晚上十点到凌晨两点之间写作,这样写了二十多年,最终熬坏了身体。2004年写完《在苍凉》以后,他几乎就停止写作了。他经常提醒我不要吃他的亏,到了出作品的年纪,身体却写不动了,一定要有养生的意识,首先把身体调理好。他陆续发给我若干的养生偏方,还特意教我一套锻炼颈椎和腰椎的保健操,他说长期伏案写作,要格外注意腰椎颈椎。我有高兴的事,或者不高兴的事,都愿意跟他说。他每次都认真地听,认真地为我释疑解惑。我们时常通电话,谈的最多的是文学,他一直叮嘱我不要参与太多的文学活动,把精力用在写作上,靠作品说话。

他不用手机。他的内心自成一个世界。他对外部的世界始终保持了一份热忱和冷静,从未放弃观察与思考。朋友们感慨,假如他的职业是在大学里教书,将会影响和改变多少人啊!即使他选择了深居简出的生活,他的身边也围绕着一批作家学者,都是深受他的精神影响的人,甚至是被他改变了命运的人。

住宅小区院墙的那片凌霄,是他亲手种下的。他时常提着水桶，爬到高处给凌霄花浇水。他去世后，朋友们站在他家的阳台上，看窗外爬满院墙的绿植，心里无限感慨。

四

烨园老师去世的当天，陈老师把那封后来在朋友圈刷屏的《告别信》发给了我，我按照烨园老师生前的嘱托，转发给了文学界的朋友。

烨园老师走了，我开始从头回忆我们的交往，更深地思考他对于我的意义。在我的写作起步阶段，他为我打下了一个精神底子，并且在后来的二十五年里以他特有的方式一点点地提升和强化这个"精神"，通过这个"精神"的被提升和被强化，直接改变了我的现实人生。当年他关注和关心的那个县城文学青年，如今已步入中年。在工作岗位上，在社会中，在文学圈，我认识和交往了很多的人，经历了很多的事。这让我更加确认，在我的成长历程中，他是不可替代的，他以二十五年的持续之力，坚定了我的文学信念，改变了我的人生命运。我的所有的重要抉择，都会征求他的意见。没有他，我会走更多的弯路；没有他，我可能不会像今天这样坚定地固守文学理想。

他坚信文学最终是公正的。泡沫终将消散，一些真正有质地的文字会留下来。

他的人生因为生病和早逝而显得缺憾。但是他的人生因为有文学贯穿始终，并且从来没有犹疑和动摇过，这是另一种意义上的完整，甚至可以说是罕见的完整。这也是他在那封《告别信》的结尾所说的“在自己的命运里完成自己”。他固守了自己的命运。他超越了自己的命运。他倾注巨大心血去写一部注定写不完的书，他知道即使是写出来了也不可能发表。他相信文学的终极意义。他把这部未完成的心血之作交付给时间。拥有时间，是他对文学的最高追求。

有些人，看似完成了自我追求，但是有一天他们恍然发现追求到手的那个东西，其实是一个有违初衷的错误。这无疑是人生的大悲哀。烨园老师的“未完成”，不是悲哀，是悲壮。他至死都在谈论和坚持他的文学理想。我想说的是，他倾注毕生心血，让朋友们深感遗憾的那部长篇作品，即使交由身体健康的人来写，在当下也注定是“未完成”的。从这个角度来看，他做好了自己能做的那一部分，即便是断片和残章，也是有意义的，它们把他跟那些八面玲珑宾至如归的同时代作家区别开了。他写于 1989 年的《自己的夜晚》，三十年过去了，如今读来仍然撼人心魄。而同时期的那些散文作品，如今有多少值得重读呢?

烨园老师去世后，我请书法家朋友写了一副挽联，用的是法常禅师《楞严一笑》中的句子:“梅花雪月交光处，迥然银汉横天宇。”

日前，读到王小鲁写的纪念文章《无尽的闪回——再访隐者刘烨园先生》，我想到了烨园老师谈到小鲁时的那种欣赏和赞许的表情。这些年来，我和小鲁是跟他走得最近、说话最多的人，也是他最偏爱最信任的人。他时常说到我和小鲁无论是为人处世，还是性格品质，都有很多相似的地方，他总是担心我们受到伤害和干扰。6 月 6 日晚上，烨园老师在病房里跟每天都去探望的房广星说，他走后最放心不下的是小鲁和月鹏，然后他流泪了。广星与烨园老师交往三十年，这是他第一次看到烨园老师落泪。当晚我从电话里听到这个消息，一个人在海边待到了午夜，心中汹涌的难过，大海也不会懂得。

在这篇文章中，我想写下烨园老师生命最后一程的状态，写下他对我和朋友们的关心与影响。他的作品，他的精神，不同的人会有不同的理解，我将在以后的系列研究文章中，写下我的理解。烨园老师生前特意交代，把他电脑里的所有文稿资料，包括他未完成的作品，让我完整地留存一份。他以这种方式，与一个被他关心爱护了二十五年的晚辈朋友做最后的告别。那天，在他的病床前，握着他的干枯的手，我们都流泪了。也是在那天，我们说了很多的话，我视之为我与烨园老师的生死之约。因为这份约定，我们永远在一起。

未来的日子里，无论我做了什么，无论我走向哪里，我相信烨园老师都在高处看着我。就像往常一样，他一直在看着我，眼神中有关切，有牵挂，也有欣慰。而我所能做的，就是像他曾经叮嘱过的那样，认真对待文学，把该做的事做好，“在自己的命运里完成自己”。

海，与人海｜后记

这是一本与海有关的书。

关于自然的写作，很多人习惯于做减法，减去喧嚣，减去欲望，甚至也减去了人间烟火气。他们远离人群，为的是更好地回归那个“自然”。所谓自然，并不是一个被割裂的存在，天地万物是一体的。我们也是“自然”的一部分，既不侧身于自然之外，也不凌驾于自然之上。这本书中的“海”，是与“人海”纠结在一起的。或者说，我所写下的自然，是与人共存的未经美化和过滤的自然，它是芜杂的，也是尽可能接近真实与准确的。太多难以言明的事物，让写作这本书的过程有些恍惚。可以确定的是，这些文字是以忧思为底色的，拒绝浪漫与抒情。我并没有从对自然的关注和书写中获得所谓超脱，反而在忧思中越陷越深，体味到了语言无法抵达的一种感觉。把自我放置在与他人、与社会、与自然的关系中，才更清晰地看到了我（们）是谁，在做什么。

这些文字，是从自然的野性和苍茫中生长出来的，它没有忽略人的存在。在写作过程中我时常提醒自己，我所看到的，我所写下的，仅仅是自然的一部分，还有一些并没有被我和我们认知，那或许才是更为重要的东西。

我所以为的“自然”，也内在地包含了那种不回避、不迁就、不遮掩的写作态度。对“海”的书写，于我而言其实只是一个切口，这本书企望由此切开和抵达的，是茫茫“人海”。

2021年8月，于烟台福莱山